LES PAPYS FONT DE LA RÉSISTANCE

JULIETTE SACHS

City
Poche

Retrouvez tous les titres City Editions :

www.city-editions.com

© City Editions 2021
Couverture : © Shutterstock/Studio City
ISBN : 978-2-8246-3885-0
Code Hachette : 59 7654 8

Collection dirigée par Christian English & Frédéric Thibaud.
Catalogue et manuscrits : city-editions.com

Dépôt légal : Mars 2024

1

« Il vaut mieux entendre ça que d'être sourd. »

Nicole arrangea le bouquet dans le vase. Tulipes jaunes et branches de mimosa. Marion avait bien choisi. Elle avait toujours adoré le jaune. Michel, son défunt mari, avait coutume de la taquiner à ce sujet. Cette couleur était selon lui associée à l'infidélité. Elle ne se formalisait pas de cette boutade, tous deux sachant bien qu'ils n'avaient jamais commis le moindre écart pendant les cinquante ans qu'avait duré leur mariage. Si c'était à refaire, elle n'hésiterait pas une seconde, elle dirait à nouveau oui devant monsieur le maire au beau jeune homme en complet sombre. Bien sûr, les choses n'avaient pas toujours été faciles. Il y avait eu des moments de tension, des moments de doute, des moments de tristesse. Mais il y avait aussi eu beaucoup d'amour, du bonheur en pagaille, des bons moments à la pelle.

Depuis le décès de son époux cinq ans auparavant, pas un jour ne s'écoulait sans qu'elle ne pense à lui. À son sourire franc et chaleureux. À son humeur joviale. À leur complicité. Il était parti bien trop tôt, emporté par un cancer du poumon à l'âge de soixante-dix ans. Saleté de crabe. Lorsque le médecin leur avait annoncé la nouvelle, ils n'avaient pas vraiment été surpris. Entre son paquet de cigarettes quotidien et les produits chimiques qu'il manipulait dans l'exercice de son métier, Michel figurait parmi les personnes à risque pour ce type de maladie. Et ne parlons même pas des gaz d'échappement qu'il inhalait à longueur de journée. Car Mimi, comme le surnommaient ses amis, tenait le garage du village. Les voitures, c'était sa vie, l'odeur d'huile, son parfum du bonheur. Après sa mort, elle avait mis en vente le commerce, qui avait été racheté par une grande enseigne. Cela lui avait fendu le cœur de céder l'outil de travail de son mari à cette marque sans âme, mais aucun autre repreneur ne s'était manifesté et elle avait besoin d'argent. Malgré la pension de réversion qu'elle percevait et sa maigre retraite de fleuriste, elle avait du mal à boucler ses fins de mois. Sans compter que la gestion des comptes était le domaine de son Mimi. Elle avait toujours été nulle avec les chiffres et son banquier devait la rappeler à l'ordre pour l'alerter sur son découvert récurrent.

L'intervention de Marion, sa petite-fille, la tira de ses pensées.

— Je suis tombée par hasard sur un nouveau site de rencontres destiné aux personnes âgées. On pourrait te créer un compte.

Nicole laissa fuser un rire amusé qui résonna dans son vaste living-room à la décoration fanée.

— Il vaut mieux entendre ça que d'être sourd ! Je suis bien trop vieille.

— Allons, mamie, tu n'as que soixante-quinze ans, objecta Marion. C'est super jeune ! Et tu es très bien conservée pour ton âge. Je suis sûre que tu aurais beaucoup de succès.

C'est vrai que par rapport à certaines de ses amies, elle ne s'en tirait pas trop mal. À trois ou quatre kilos près, elle avait gardé sa silhouette de jeune fille ainsi qu'une chevelure bien fournie qu'elle portait coupée au carré. Elle refusait de leur infliger une teinture mensuelle, aussi arborait-elle une jolie couleur grise émaillée de mèches blanches. Certes, les rides n'avaient pas épargné son visage. Mais ses yeux bleus avaient toujours l'éclat malicieux qui avait su séduire Michel près de cinquante ans plus tôt. Bien sûr, elle n'était plus aussi énergique que dans sa jeunesse, la faute à cette fichue arthrose. Par moments, surtout par temps pluvieux, elle avait l'impression de se déplacer comme Robocop.

— Je n'ai pas envie de me remettre en couple, je suis très bien comme ça, répliqua Nicole en installant les assiettes sur la toile cirée. Aller faire du gringue à des inconnus, très peu pour moi.

Marion réprima un soupir et se leva pour aider sa grand-mère. Elle désespérait de lui trouver un nouveau compagnon. À vingt ans, l'étudiante en médecine s'inquiétait de l'avenir de sa mamie adorée. Elle passait déjeuner avec elle une fois par semaine, le vendredi, jour où son planning chargé lui permettait de s'échapper de l'université. Mais dès l'année prochaine, elle devrait commencer ses stages à l'hôpital et disposerait de beaucoup moins de temps pour les visites à son aïeule. Quant à Valérie, sa mère, il ne fallait pas compter sur elle. Depuis son divorce, elle avait déménagé à Paris et, trop accaparée par son métier d'agent immobilier et sa recherche du nouvel homme de sa vie, ne téléphonait à sa propre mère qu'occasionnellement. Bref, Marion était l'unique soutien de sa grand-mère et cela la préoccupait beaucoup. Elle était très proche de la vieille dame et ne supportait pas l'idée qu'elle se morfonde seule dans cette maison devenue trop grande pour elle. Mais elle ne supportait pas non plus l'idée de perdre cette demeure qui recelait tant de souvenirs. De tartines trempées dans du chocolat chaud, d'histoires lovées sous la couette, de secrets chuchotés dans la cuisine au parfum de cannelle, de parties de dominos les soirs d'hiver. Elle se rappelait les câlins avec sa mamie, les promenades dans la campagne, les confidences sur ses premières amours. Elle chérissait la table en bois et sa toile cirée, le vieux téléviseur, les bibelots en cristal, les napperons en dentelle, le papier peint fleuri. Elle aurait voulu arrêter le temps et conserver ces trésors pour l'éternité.

Pourtant Nicole, malgré la solitude qu'elle ressentait souvent, ne voyait pas d'un bon œil l'idée de fréquenter un homme. Depuis ses dix-huit ans, elle n'avait connu que Michel. Elle ne saurait jamais comment s'y prendre avec un inconnu. Et puis, elle avait développé son petit caractère et ce n'est pas à son âge qu'elle allait changer. Qui voudrait d'une vieille bique comme elle ? Décidée à parler d'autre chose, elle remercia Marion pour le magnifique bouquet de fleurs qu'elle lui avait apporté et proposa de passer à table. Elle avait cuisiné des lasagnes, le plat préféré de sa petite-fille. Elle n'en avait qu'une, alors elle adorait la gâter.

Ses efforts se révélèrent payants et une heure plus tard, le plat à four était vidé.

— C'était délicieux, mamie. Mais je n'aurais jamais dû en manger autant, je crois que je vais exploser.

— Taratata, ma chérie, à ton âge on a besoin de se nourrir. D'ailleurs, je t'ai préparé ton dessert favori, de la crème brûlée. Tu m'en diras des nouvelles !

Marion s'esclaffa.

— Si je dors pendant mon cours de bio, ce sera de ta faute, plaisanta l'étudiante avec un sourire espiègle. Au fait, j'ai vu que les travaux n'avaient pas encore commencé, reprit-elle en recouvrant son sérieux. Est-ce que c'est bon signe ?

Le visage de Nicole s'assombrit et elle laissa échapper un soupir.

— Hélas, non. Les ouvriers attaquent lundi.

— Si tu vendais le pavillon, avec le prix que tu en tirerais, tu pourrais t'acheter quelque chose de plus moderne, sans escalier à monter, argumenta la jeune fille d'une voix douce.

Elle n'évoqua pas l'idée de sa mère, avec laquelle elle n'était pas d'accord : convaincre Nicole de déménager pour l'envoyer en maison de retraite.

— Nom d'une pipe en bois ! Je ne vais quand même pas quitter ma maison. C'est ici que j'ai vécu toute ma vie, c'est ici que j'ai élevé ma fille, c'est ici que je mourrai. Et je ne suis pas grabataire, je peux encore monter un malheureux escalier. De toute façon, j'utilise très peu l'étage puisque ma chambre est au rez-de-chaussée, tout comme la salle de bains et les toilettes.

Marion leva les bras, paumes ouvertes, en signe de reddition.

— Pas la peine de te fâcher, j'essayais juste de trouver une solution. Et du côté du maire ? Il ne peut pas vous aider ?

— Il dit que ce n'est pas dans ses pouvoirs. Les terrains sont privés et la commune ne bénéficie pas de droit de préemption. Mais si tu veux mon avis, il n'a aucune envie de faire échouer ce projet. Je ne suis pas née de la dernière pluie. La construction d'un nouveau centre commercial est une véritable aubaine financière pour la municipalité. Avec les sommes qu'elle récoltera grâce à la taxe professionnelle, le budget est assuré pour plusieurs années. C'est malheureux, mais pour monsieur le maire, l'argent a une odeur agréable.

Marion haussa un sourcil.

— Le proverbe, ce n'est pas plutôt : « L'argent n'a pas d'odeur » ?

Nicole balaya l'argument d'un revers de main.

— Peu importe, ma version est bien plus parlante.

La jeune fille émit un léger rire. Sa grand-mère avait toujours eu une vision très personnelle des proverbes et autres expressions populaires.

— J'espère vraiment que tu parviendras à trouver une solution, ajouta Marion d'un ton redevenu sérieux. Car sinon, tu peux dire adieu au calme de ta campagne.

La petite n'avait pas tort et Nicole le savait bien. Depuis six mois, elle voyait avancer avec appréhension le projet de ce promoteur immobilier, qui avait décidé d'installer un supermarché à deux pas de sa porte. Il avait jeté son dévolu sur son lotissement, idéalement situé en bordure d'agglomération, non loin de la départementale 457 qui permettait de rejoindre Perclin, la grande ville du coin, en moins de dix minutes. Les autres résidents avaient déjà cédé aux sirènes de l'argent facile et vendu pour un bon prix leurs modestes pavillons. Seuls Nicole et quatre de ses voisins avaient refusé l'offre d'achat, pourtant attractive, de Belfroi Immobilier. Malheureusement, cet acte de rébellion n'avait pas suffi à décourager le promoteur. Le supermarché serait plus petit que prévu, mais il verrait le jour. Et la perspective de ce bouleversement dans sa vie tranquille angoissait terriblement Nicole.

2

« Je n'ai pas envie de finir mes jours en prison, mes rhumatismes ne s'en remettraient pas. »

— On n'a qu'à recruter un tueur à gages et buter cette fiente d'asticot ! proposa René d'un ton très sérieux en avalant cul sec son whisky. Tu m'en sers un autre, bichette ? ajouta-t-il à l'attention de son épouse.

Il se trouvait chez Nicole pour la première réunion du très officiel CRLG, le Comité de résistance du lotissement des Genêts, ainsi que ses voisins et lui l'avaient dénommé. Comme ils aimaient joindre l'utile à l'agréable, ils en profitaient pour partager un apéritif. Et on pouvait compter sur leur hôtesse pour sortir ses meilleures bouteilles et moult amuse-gueule.

— Tu n'es pas sérieux ! protesta Chantal.

— Pour le tueur à gages ou le whisky ? s'enquit René dont le sourcil droit venait de remonter très haut sur son front dégarni.

— Les deux ! Le médecin t'a demandé de surveiller

ta glycémie. Quant à cette idée saugrenue de tueur à gages, je pense que tu regardes trop de films policiers.

Ses yeux noirs lançaient des éclairs. Nicole intervint avant que le couple ne s'engage dans l'une de ces infernales disputes dont il avait le secret.

— Allons, allons, pas la peine de monter sur vos grands chevaux. Chantal n'a pas tort, on ne va tuer personne. Je n'ai pas envie de finir mes jours en prison, mes rhumatismes ne s'en remettraient pas.

— Et pour le whisky ? insista le vieil homme en agitant son verre. Le gosier sec, moi, ça m'empêche de réfléchir.

Dans la vie, René avait deux passions, les jurons et le whisky, et il ne comptait abandonner ni l'une ni l'autre.

Nicole interrogea son amie du regard.

— Va pour un dernier verre, capitula la septuagénaire avec une moue réprobatrice. Heureusement qu'on habite à côté.

Un sourire fendit le visage rond et parcheminé de rides de René tandis qu'il s'emparait de la bouteille et s'empressait de se servir de peur que son épouse ne change d'avis. Et par mesure de précaution, il s'en versa une double dose. Un dernier verre, certes, mais elle n'avait pas précisé la contenance, s'amusa-t-il intérieurement. Il avait toujours été imbattable en négociations. Déjà, à l'époque où il dirigeait la classe de CE1-CE2 du village, il excellait à convaincre ses élèves de s'intéresser à leurs études et de terminer leurs devoirs. Derrière son dos, on le surnommait René la mule, jeu de mots en référence à son nom de famille, Mulot, et à son caractère têtu. Loin de s'en offusquer, il s'en amusait et en rajoutait volontiers des tonnes. Bien sûr, du temps où il exerçait son métier d'instituteur, il évitait d'employer le langage grossier qu'il affectionnait. Mais maintenant qu'il était à la retraite, il ne se privait pas pour donner libre cours à ses expressions favorites. En revanche, il n'avait jamais renoncé à sa tenue de travail, ses costumes en velours qu'il changeait chaque jour et dont il choisissait la couleur en fonction de son humeur. Noir pour les journées de déprime, bleu pour celles de grand moral, marron lorsqu'il était de mauvais poil, gris pour les autres. Il en possédait toute une panoplie et poussait le chic jusqu'à porter sous son veston le gilet assorti. Le costume trois-pièces, ça vous pose un homme.

— Alors, qu'est-ce qu'on fait ? Je ne voudrais pas jouer les défaitistes, mais je me demande si cette idée de Comité de résistance est vraiment judicieuse. Moi, à part le jardinage et le tricot, je ne suis plus bonne à rien.

La remarque émanait de Françoise. Mise en plis, reflets mauves et joues poudrées, du haut de ses quatre-vingts ans, la vénérable vieille dame se considérait comme la doyenne du groupe et se plaisait à le rappeler, bien que leur différence d'âge soit minime. René venait de fêter ses soixante-dix-huit printemps et Chantal, ses soixante-dix-sept. Même les cinq ans qui la séparaient de Nicole paraissaient négligeables à ce stade de leur vie. Mais il fallait bien qu'être la plus vieille lui serve à quelque chose, alors elle avait profité de son statut pour s'attribuer le titre de présidente de séance pour leur réunion. Le Comité de résistance du lotissement des Genêts ne comportait que quatre membres. Enfin, cinq si on comptait ce malotru de Jacques. Mais malgré leurs invitations répétées, monsieur n'avait jamais consenti à fréquenter ses voisins. Il préférait se terrer derrière sa clôture opaque et infranchissable, à trafiquer on ne savait quoi. La pensée du vieil ermite arracha un soupir à Françoise.

— Tout va bien ? s'inquiéta Nicole.

Françoise balaya la question d'un geste de la main.

— Oui, oui. Je me disais juste que monseigneur Jacques le misanthrope aurait pu daigner nous gratifier de sa présence.

— Tu l'avais invité ? s'étonna René. Je croyais qu'on était d'accord pour laisser cette tête de con de côté.

— Je sais, je sais. Mais j'ai voulu lui donner une dernière chance.

En réalité, Françoise espérait secrètement parvenir à rapprocher Jacques et Nicole, laquelle lui avait avoué qu'elle le trouvait séduisant. Et elle n'avait pas tort. Avec sa stature encore imposante, sa chevelure blanche bien fournie, sa mâchoire carrée et ses yeux sombres, l'homme possédait un charisme indéniable. Dommage que ce physique avantageux soit gâché par son comportement asocial. Depuis qu'il avait emménagé au sein du lotissement des Genêts un an plus tôt, il rechignait à sympathiser avec ses voisins. Il avait refusé toutes leurs invitations à boire l'apéritif, de même que celle pour la première réunion du comité de résistance. Il les avait malgré tout assurés de son soutien dans leur combat contre le promoteur, mais avait prétendu être trop occupé pour participer aux réunions. *Quel gâchis*, pensa Françoise avec amertume, Nicole et lui auraient formé un bien joli couple.

— Alors, on décide quoi ? bougonna Chantal. C'est que j'ai mon dîner à préparer, moi, et il est déjà presque vingt heures. Il ne va pas se cuire tout seul, mon navarin. J'aurais dû me douter que choisir cette recette était une mauvaise idée. Mon horoscope du jour me prédisait un grand stress.

— C'est perdu d'avance, se désola Françoise. On est bien trop vieux pour affronter un homme d'affaires comme ce Patrick Chamart. Jamais il ne renoncera à construire son centre commercial. On va se retrouver envahis par les voitures, les familles nombreuses et les camions de livraison. Moi qui adore écouter le gazouillement des oiseaux dans mon jardin, je peux dire adieu à tout ça. À la place, ce sera bruits de moteurs, klaxons et pollution.

Nicole lui posa une main réconfortante sur l'épaule.

— Pas de défaitisme. La chance sourit aux petits vieux.

— Je crois que la bonne expression, c'est « La chance sourit aux audacieux », rectifia Chantal.

— Taratata, la chance sourit aux petits vieux, c'est bien mieux, décréta Nicole d'un ton sans appel. Il faut juste qu'on agite nos neurones pour trouver comment décourager Patrick Chamart. Donc, au boulot, creusez-vous la cervelle !

Nicole aimait les proverbes et les napperons en crochet. Elle détestait les adieux et les haricots verts. Elle aimait sa maison et sa tranquillité. Elle détestait Patrick Chamart et les déménagements. Alors elle voulait se battre pour sauver ce à quoi elle tenait. Plus facile à dire qu'à faire. Comment affronter un événement comme celui-ci quand on passe ses journées à remplir des grilles de mots croisés, jouer à la belote et regarder la télé ?

— On pourrait envoyer un courrier anonyme menaçant cette raclure de bidet de le zigouiller s'il n'abandonne pas son foutu projet immobilier, suggéra René avec entrain. J'ai vu ça dans un épisode de *Columbo* l'autre soir. On découpe des lettres dans le journal, on les colle sur une feuille blanche et le tour est joué.

Nicole caressa un instant ses boucles d'oreilles en turquoise, comme chaque fois qu'elle réfléchissait. Le bijou lui avait été offert par Michel pour leurs quarante ans de mariage et elle ne le quittait pour ainsi dire jamais. Ficher la trouille à Patrick Chamart, le patron de Belfroi Immobilier, ne lui déplairait pas, l'homme était imbuvable. Il les prenait de haut et leur parlait comme s'ils étaient déjà gâteux. Néanmoins, la solution proposée par René paraissait un tantinet radicale. Elle s'accorda un instant pour formuler sa réponse, afin de ne pas froisser son ami et voisin.

— Je ne suis pas sûre qu'un courrier anonyme suffise à convaincre cet affreux bonhomme de renoncer à son projet. Et si les flics s'en mêlent et qu'ils remontent jusqu'à nous, on risque d'avoir des ennuis.

René grimaça et avala une rasade de whisky.

— Pfff, vous êtes vraiment des poules mouillées. Ça manque de testostérone dans ce comité, c'est moi qui vous le dis. Si on était entre hommes, on aurait réglé son compte à ce peigne-cul depuis longtemps !

Françoise pouffa en réaction au langage très imagé du vieux monsieur. Non content d'être têtu ascendant borné, il disposait aussi d'un vocabulaire à rendre jaloux le Capitaine Haddock. Elle sortit sa pipe et son tabac de sa poche.

— Ça vous ennuie si je fume ?

Elle tenait cette mauvaise habitude de Maurice, son défunt mari. Vingt ans qu'elle s'autorisait ce menu plaisir une à deux fois par jour. Elle possédait une large collection de pipes. Des petites, des grandes, des courbées, des cintrées, des droites, des avec filtres, des sans filtres… Aujourd'hui elle avait jeté son dévolu sur un modèle léger au tuyau en corne, cadeau de Maurice pour l'un de ses anniversaires, elle avait oublié lequel malheureusement.

— Il faudrait décourager les ouvriers d'attaquer le chantier, suggéra Nicole d'une voix pensive en ouvrant la fenêtre pour chasser la fumée. Plus le retard s'accumulera, plus Belfroi Immobilier perdra de l'argent. Si les choses traînent suffisamment, Chamart finira peut-être par abandonner.

— Ma foi, ce n'est pas con, remarqua René. Je vote pour.

— Moi aussi, ajouta sa femme, pressée d'en terminer.

— Parfait, la proposition est donc adoptée à l'unanimité, se réjouit Françoise. Je le note.

La présidente de séance déposa sa pipe avec précaution dans le cendrier et attrapa son vieux stylo-plume en argent. Elle inscrivit d'une écriture tremblante sur le cahier d'écolier à la couverture bleue : « Proposition adoptée à l'unanimité : décourager les ouvriers d'attaquer le chantier. »

Après avoir jeté un regard noir à son mari qui venait de terminer cul sec son double whisky, Chantal ronchonna à nouveau.

— C'est bien gentil tout ça, mais on s'y prend comment ?

Avec l'âge, le caractère de la vieille dame ne s'arrangeait guère. Elle avait toujours eu un tempérament soupe au lait, mais depuis quelque temps, elle virait presque acariâtre. Elle n'en était que trop consciente, pourtant elle parvenait difficilement à lutter contre ses pulsions grincheuses. Elle se savait chanceuse de pouvoir compter sur l'indulgence de son mari et de ses fidèles amis et voisins. Même dans ses plus mauvais jours, ils restaient calmes et patients face à ses sautes d'humeur.

— J'ai peut-être une idée, avança René en retirant une miette de gâteau apéritif de son gilet en velours bleu.

— Eh ben on n'est pas sortis de l'auberge, plaisanta Nicole, habituée aux suggestions farfelues de l'ancien instituteur.

Ce dernier pinça les lèvres, vexé que l'on remette en cause ses compétences de stratège.

— Si vous ne voulez rien savoir, tant pis pour vous. Mais c'est dommage, car sans me vanter, je crois que c'est une putain d'idée géniale.

Nicole piocha une poignée de cacahuètes dans le ramequin en faïence et les goba avant de répondre.

— Mais non, mon René, tu te doutes bien que je te taquine. Qui aime bien fait des câlins ! Vas-y, on t'écoute.

Sans se faire prier, l'intéressé enchaîna.

— Je vous ai déjà parlé de mon ancien élève Julien ?

— Oui, l'éleveur de chèvres, mais je ne vois pas le rapport, le coupa Chantal qui s'impatientait en constatant que l'heure tournait.

— Laisse-moi continuer, tu verras vite le rapport, la rabroua gentiment son mari. Donc Julien élève des chèvres. Il a aussi quelques boucs, pour la reproduction, vous comprenez.

Il s'arrêta un instant, ménageant le suspense. Il savourait son moment, cette assemblée suspendue à ses lèvres. Cela lui rappelait sa carrière d'instituteur, quand il passionnait ses élèves avec ses leçons d'histoire. Il laissa s'écouler trois secondes, se redressa sur sa chaise puis poursuivit.

— Imaginez maintenant les jardins de nos anciens voisins envahis de plusieurs dizaines de chèvres et de boucs, en train de brouter tranquillement le gazon.

Les trois femmes se mirent à glousser. Françoise fut la première à réagir.

— Mon cher René, c'est d'une ingéniosité prodigieuse, le félicita-t-elle. Ces animaux peuvent paraître très effrayants avec leurs longues cornes. Surtout les boucs, qui n'hésitent pas à charger. Je doute que les ouvriers se risquent à essayer de les dégager.

— J'avoue que la scène ne manquera pas de piquant, approuva Nicole. Néanmoins, sans vouloir jouer les trouble-fêtes, je vois quand même une faille dans ce plan.

René fronça ses sourcils broussailleux.

— Laquelle, chère amie ?

— Nous ne gagnerons guère qu'un jour ou deux. Dès que Patrick Chamart aura eu vent de l'incident, il dépêchera sur les lieux un vétérinaire ou je ne sais quoi pour évacuer les bestioles. Et qui sait ce qu'il adviendra de ces pauvres bêtes.

L'ancien instituteur souffla avec dédain.

— Nan, mais tu me prends vraiment pour un gland. J'ai pensé à tout. Sitôt les ouvriers partis, Julien viendra récupérer ses animaux. Quand l'autre face de cul de Chamart se pointera avec sa cavalerie, il trouvera les jardins vides. Et dès qu'il a déguerpi, je rappelle Julien et on recommence.

Françoise battit des mains comme une gamine.

— J'adore ! Chamart va devenir chèvre !

Ils rirent de bon cœur au jeu de mots de la doyenne du groupe et trinquèrent à leur plan, pour le plus grand bonheur de René qui en profita pour siroter un dernier whisky pour la route.

3

« Maintenant, si vous voulez bien m'excuser, j'ai mon ménage à terminer. »

Nicole remonta d'une démarche raide l'allée goudronnée du lotissement. Il avait plu toute la nuit et l'humidité exacerbait ses rhumatismes. Le pire, c'était sa hanche. Son médecin l'avait prévenue que si la situation continuait à s'aggraver, il faudrait songer à la prothèse. La perspective d'une telle opération ne l'emballait guère, mais si cela pouvait lui permettre de retrouver sa mobilité d'antan, cela valait peut-être la peine d'y réfléchir. Elle en parlerait à Marion lors de leur prochain déjeuner. Même si sa petite-fille n'était qu'en deuxième année, Nicole ne doutait pas qu'elle ferait un médecin extraordinaire.

Elle s'arrêta devant le numéro trois et observa un instant la haute clôture en PVC gris qui entourait la propriété. Le matériau plein empêchait les curieux d'apercevoir le jardin ou la maison. Jacques Carlier avait fait poser cette enceinte avant même son emménagement, l'année dernière. Il était le seul du lotissement à posséder un tel rempart autour de sa demeure. La plupart des autres résidents se contentaient de haies, de grillages ou de clôtures plus modestes. Celle qu'elle avait sous les yeux était si imposante qu'elle se demandait comment son propriétaire parvenait à capter la lumière du soleil.

Elle pressa le bouton d'appel du visiophone dernier cri. Encore un gadget peu usuel au fin fond de leur campagne. L'application avec laquelle Jacques protégeait son habitation n'avait pas manqué d'attiser la curiosité des voisins. Les rumeurs les plus folles avaient couru à son arrivée. Trafiquant de drogue, criminel en fuite, braqueur de banques… L'imagination galopante des occupants du lotissement des Genêts n'avait pas de limites. Pour sa part, Nicole ne savait que penser. Et si, tout simplement, Jacques n'aimait pas les humains ? Il vivait seul dans cette grande maison, avec son chien, un labrador noir qu'il promenait parfois dans la campagne. La compagnie de l'animal semblait lui suffire puisqu'il refusait avec constance toutes les invitations de ses voisins.

— Oui, c'est pour quoi ?

La voix bourrue du propriétaire des lieux résonna dans le visiophone. Nicole plaça son visage face à la caméra et déclina son identité. « J'arrive » fut la seule réponse qu'elle obtint. Ce n'est pas aujourd'hui qu'elle découvrirait le secret dissimulé derrière la clôture. Enfin, si secret il y avait. Elle patienta trois minutes avant que le portail s'entrouvre sur la haute silhouette de Jacques. Malgré ses soixante-quinze ans, l'homme avait conservé une stature imposante. Il se tenait droit et ne semblait pas avoir souffert du tassement qui frappait inévitablement les personnes âgées. À *moins qu'il ait été très grand dans sa jeunesse*, se dit Nicole. D'après Françoise, qui était parvenue à force de persévérance (comprendre : à force de le harceler chaque fois qu'elle le croisait) à lui soutirer quelques informations, il avait été professeur de sport dans un collège de région parisienne, ce qui expliquait sans doute sa forme physique. En revanche, les raisons de son déménagement dans leur trou perdu restaient un mystère, même pour la tenace et curieuse Françoise.

Jacques s'avança sur le trottoir et referma le portail derrière lui. Il était onze heures du matin et n'importe qui d'autre aurait proposé à Nicole d'entrer pour boire un café. L'ambiance était plutôt bon enfant entre les résidents du lotissement. Tout du moins l'était-elle avant qu'il ne soit déserté par ses habitants à cause des projets de Belfroi Immobilier. Dommage que Jacques ne veuille pas sympathiser avec ses quatre voisins restant dans les lieux. Un allié et ami de plus n'aurait pas été superflu en cette période difficile.

— Que puis-je faire pour vous, Nicole ?

Le ton était plutôt aimable et Nicole se prit à espérer qu'elle parviendrait à ses fins. En définitive, l'ours mal léché des débuts s'était peut-être adouci.

— Je souhaitais vous informer des décisions de notre Comité de résistance.

Elle s'interrompit, attendant une invitation à entrer. Il n'allait quand même pas la laisser sur le trottoir ? Trois secondes s'écoulèrent.

— Je vous écoute, lâcha finalement son interlocuteur.

Nicole pinça les lèvres. Elle s'était fourvoyée, leur voisin restait aussi impoli qu'à l'accoutumée. Elle décida néanmoins de le pousser dans ses retranchements.

— Nous serions mieux à l'intérieur pour discuter, suggéra-t-elle.

Les sourcils blancs de Jacques se froncèrent.

— Je ne préfère pas, la maison n'est pas rangée.

Un soupçon d'irritation chatouilla les narines de la vieille dame. Il ne manquait pas d'air, ce goujat. Elle ne comptait pas se laisser éconduire ainsi.

— Nous pourrions aller chez moi, insista-t-elle. J'en profiterai pour vous offrir un café.

Le léger agacement qui pointait à la fin de sa phrase n'échappa pas à Jacques. Il grimaça un sourire, révélant une dentition un peu jaunie par le temps, mais qui présentait l'indéniable mérite d'être toujours complète. Tout le monde ne pouvait pas en dire autant à son âge.

— Je vous remercie pour cette invitation. Mais je préfère profiter des rayons du soleil. Surtout après l'averse que nous avons eue cette nuit.

Le voilà qui se mettait à lui parler de la météo, enragea Nicole. Il se croyait dans la salle d'attente du dentiste ou quoi ?

— C'est vous qui voyez, répondit-elle d'une voix sèche. Je vais donc vous révéler *ici* notre plan pour sauver notre tranquillité.

Elle insista sur le mot « ici », afin de souligner sa désapprobation. À son grand désarroi, son voisin se contenta de hocher la tête, attendant la suite. Résignée, elle poursuivit.

— Comme vous le savez, les travaux doivent commencer dans deux jours.

Difficile de l'ignorer, Belfroi Immobilier avait glissé dans leurs boîtes aux lettres le programme des festivités : démolition des bâtiments existants, terrassement, construction d'un parking souterrain semi-enterré puis du local à usage de supermarché. Bien entendu, si Patrick Chamart pouvait acquérir les cinq autres maisons du lotissement, son centre commercial serait encore plus majestueux… Il misait sans doute sur le bruit et les nuisances à venir pour chasser les habitants récalcitrants. Qui voudrait vivre au beau milieu d'un chantier ? Qui voudrait être réveillé par le bruit des pelleteuses au petit matin ? Qui voudrait voir sa quiétude et sa tranquillité troublées par les cris des ouvriers, le martèlement des marteaux-piqueurs, et les décibels des moteurs ? Certainement pas cinq petits vieux qui n'aspiraient qu'à terminer leurs jours en paix. Nicole et ses amis n'étaient que trop conscients de cette dure réalité et ils savaient que s'ils ne parvenaient pas à dissuader le promoteur de poursuivre son projet, ils pourraient dire adieu à leur vie calme et paisible.

— Nous avons donc élaboré un plan pour retarder les travaux, reprit-elle.

Une lueur d'intérêt brilla dans les iris sombres de son voisin. Ragaillardie par sa réaction, elle lui expliqua les détails du stratagème imaginé par René. Les chèvres, les boucs, son ancien élève Julien, l'apparition et la disparition des animaux.

Un éclat de rire salua son discours, provoquant au passage l'envol d'un groupe de moineaux, qui s'éloigna dans un bruissement d'ailes et de piaillements mécontents. C'est la première fois qu'elle voyait son voisin abandonner sa réserve habituelle.

— C'est très ingénieux, commenta Jacques lorsque son hilarité se fut calmée.

Nicole se sentit rougir et se traita d'idiote. Elle n'était même pas à l'origine de l'idée. Et depuis quand se souciait-elle de l'opinion de ce vieil ermite qui lui refusait un café ? Elle boutonna son gilet pour se donner une contenance et s'obligea à adopter une expression sévère.

— On ne peut pas dire que ce sera grâce à vous si nous parvenons à faire échouer ce projet de centre commercial, répliqua-t-elle, le visage fermé. Mais au moins, vous nous faites l'honneur d'approuver notre plan, à défaut de nous faire l'honneur de votre présence lors de nos réunions. Maintenant, si vous voulez bien m'excuser, mon ménage m'attend.

Sur ce, elle tourna les talons et planta le malotru sur le trottoir.

4

« Et si on allait fêter ça autour d'un apéro ? »

Le lundi, aux aurores, les quatre membres du Comité de résistance du lotissement des Genêts guettaient dans la fraîcheur matinale l'arrivée de Julien et de ses bêtes. Ils lui avaient fixé rendez-vous à cinq heures, afin que tout soit prêt quand les ouvriers débarqueraient, sans doute sur le coup de huit heures.

Chantal regarda sa montre et émit un claquement de langue contrarié.

— Il a dix minutes de retard, tu es sûr qu'il va venir ? demanda-t-elle à son mari.

— Laisse-lui le temps d'arriver, tempéra ce dernier. Cinquante bovidés à rassembler et à entasser dans un camion, cela n'est pas aussi facile que tu le crois.

Françoise frissonna et resserra son manteau autour d'elle. « En avril, ne te découvre pas d'un fil », clamait le proverbe. Eh bien, à l'aube, c'était même plusieurs fils qu'il faudrait rajouter. Elle était gelée. Elle aurait dû enfiler son bonnet, mais la crainte d'abîmer sa mise en plis l'en avait dissuadée.

— Je vais aller nous faire une Thermos de café, annonça-t-elle, trop heureuse d'avoir un prétexte pour se réchauffer quelques instants dans la tiédeur de sa cuisine.

— Oh oui, quelle bonne idée, approuva Nicole qui grelottait malgré la doudoune – cadeau de Marion – qu'elle avait revêtue.

— T'as raison, c'est vrai qu'on se caille les burnes, commenta René avec sa poésie habituelle.

Même en ce froid matin de printemps, il n'avait pas renoncé à son élégance et arborait par-dessus son costume trois-pièces en velours bleu (aujourd'hui était indéniablement une journée à porter du bleu) une parka de couleur assortie à la coupe impeccable. Il avait un instant envisagé de revêtir son manteau en laine et cachemire, mais la crainte que le vêtement termine l'aventure en sentant le bouc l'avait découragé.

Un bruit de moteur leur fit dresser l'oreille. En haut de la côte, un camion blanc apparut. Françoise, de retour avec sa Thermos et cinq tasses posées sur un plateau s'empressa de servir ses amis pour qu'ils aient le temps de profiter de l'effet revigorant du liquide fumant avant de passer à l'action. Cinq minutes plus tard, après une manœuvre pour garer l'encombrant véhicule, un trentenaire à la tignasse brune sauta de la cabine et s'avança vers eux. Il portait une simple combinaison grise par-dessus ses vêtements et Nicole réprima un frisson en le voyant si peu couvert.

— Ah te voilà, mon garçon ! le salua René en serrant sa main entre les siennes. C'est tellement gentil à toi de venir nous aider.

— Ça me fait plaisir, monsieur Mulot. Je vous l'ai déjà dit, je trouve inadmissible que la mairie laisse un promoteur immobilier pourrir la vie des habitants du village.

Bien qu'il ne soit plus son élève depuis vingt-cinq ans, Julien n'était jamais parvenu à appeler son ancien instituteur par son prénom. Pour lui, il resterait toujours « monsieur Mulot », l'enseignant qui lui avait donné le goût de l'histoire en CE2. Il avait beau exercer un métier manuel, depuis cette époque, il se passionnait pour l'histoire de France, particulièrement la période du Moyen Âge. Ce hobby peu courant dans sa profession laissait ses collègues agriculteurs perplexes. Heureusement qu'il pouvait compter sur monsieur Mulot pour discuter des derniers ouvrages historiques qu'il dévorait tous les soirs.

René présenta le jeune éleveur à Nicole et Françoise, laquelle lui apporta une tasse de café fumante qu'il accepta avec gratitude. Même pour lui, l'horaire était matinal et un petit remontant s'avérait le bienvenu. Quand chacun eut terminé sa boisson, le groupe se mit au travail. Julien ouvrit l'arrière du camion et manœuvra le hayon élévateur pour permettre aux animaux de descendre. Très attaché à eux, il leur avait attribué un prénom, que chaque bête portait gravé sur une médaille autour du cou. René et ses amis firent donc la connaissance de Blanchette, Gertrude, Réglisse, Billy, Wolly et plein d'autres. Le majestueux Raoul les impressionna particulièrement, avec sa stature imposante, ses longues cornes et sa barbichette blanche qui lui conférait un air de vieux sage. C'était le plus âgé du troupeau et celui qui possédait le caractère le plus chatouilleux.

Une fois les dix premiers caprins au sol, Julien referma le véhicule. Avec l'aide des bergers improvisés, ils guidèrent le cheptel jusqu'au premier pavillon. Comme prévu, le portail n'était pas verrouillé. À part Jacques, personne n'avait jamais jugé utile de sécuriser son jardin au sein du lotissement tant le lieu était calme. Julien fit entrer les bestiaux et rabattit la clôture. Les animaux se mirent aussitôt à brouter avec un plaisir évident la belle herbe grasse et bien entretenue. Les cinq compères retournèrent ensuite au camion pour faire descendre un nouveau groupe d'une dizaine de têtes qu'ils convoyèrent jusqu'à une autre maison. Ils répétèrent l'opération jusqu'à ce que les cinq demeures destinées à être démolies soient envahies de chèvres et boucs.

Le temps qu'ils terminent, la montre de Nicole indiquait sept heures trente, les ouvriers n'allaient plus tarder. Elle convia ses voisins à prendre un goûter bien mérité chez elle. Julien déclina l'invitation, il devait retourner à la ferme s'occuper du reste de son bétail, mais les autres accueillirent avec joie cette proposition.

Trente minutes plus tard, assis autour de la lourde table de salle à manger en bois brut recouverte d'une toile cirée aux motifs provençaux, les membres du CRLG réchauffaient leurs vieux os à coups de thé et café, tout en dégustant un morceau du cake que Nicole avait cuisiné la veille pour l'occasion.

— Bordel, ça fait du bien par où ça passe, commenta René en avalant une deuxième tranche de cake.

— Mollo sur le sucre, chéri, le rabroua Chantal, plus amusée qu'agacée par la gourmandise de son mari. Pense à ta glycémie.

— Écoutez, intervient Nicole d'un ton surexcité, je crois qu'ils arrivent.

Ils se turent et tendirent l'oreille. Un bruit de moteur suivi de portières qui claquent. Pas de doute, les ouvriers avaient débarqué.

— C'est parti mon kiki ! s'enthousiasma Nicole. Montons à l'étage pour les observer, on aura une meilleure vue.

Le reste du groupe approuva l'idée et entreprit la lente ascension vers le niveau supérieur. Si René et Chantal ne s'en sortirent pas trop mal, pour Nicole et sa hanche percluse d'arthrose, l'exercice s'avéra déjà plus délicat et c'est en grimaçant de douleur qu'elle atteignit le palier. Quant à la pauvre Françoise, elle arriva la dernière, devant s'aider, marche après marche, de la rampe pour progresser. Depuis cette mauvaise chute six mois plus tôt, qui lui avait occasionné une fracture du tibia, elle n'avait pas retrouvé sa mobilité et se déplaçait à la vitesse d'une tortue paraplégique. Nicole guida ses amis jusqu'à la fenêtre de la chambre de Marion. Le lieu semblait figé dans le passé, demeurant tel que lorsque sa petite-fille était enfant : peluches et poupées envahissaient le couvre-lit rouge à fleurs multicolores et le papier peint affichait toujours fièrement ses nounours malgré son aspect défraîchi. Marion ne venait plus dormir chez sa grand-mère depuis longtemps, mais cette dernière n'avait pu se résoudre à réaménager la pièce.

Les quatre compères se massèrent derrière la fenêtre. Ils soulevèrent le rideau en tulle blanc pour mieux profiter de la scène se déroulant sous leurs yeux. Les ouvriers, cinq bonshommes en salopette bleue, gesticulaient à outrance devant la barrière des anciens voisins de Nicole. Impossible de comprendre ce qu'ils se racontaient, mais à en juger par le volume sonore, ils devaient être en train de se disputer. Finalement, l'un d'eux, un grand gaillard aux cheveux coupés en brosse, ouvrit le portail et pénétra dans le jardin envahi de bovidés d'un pas mal assuré. Il s'avança vers une chèvre qui releva la tête à son approche. Même à cette distance, on le devinait peu rassuré. Il contourna l'animal et, une fois derrière lui, poussa son arrière-train des deux mains. Le résultat ne se fit pas attendre et la bestiole rua. Le malheureux eut juste le temps de bondir en arrière pour s'éviter un coup de sabot. La chèvre émit un bêlement furieux. Alerté, le reste du troupeau arrêta de paître pour fixer l'intrus. Derrière la clôture, les ouvriers riaient à gorge déployée de la frayeur de leur collègue, lequel, courroucé d'être ainsi l'objet de leurs railleries, commença à s'agiter et à invectiver les bêtes. Même à travers les carreaux, Nicole, Françoise, Chantal et René perçurent sans difficulté ce qu'il leur hurlait.

— Allez, foutez-moi le camp, saloperie de bestioles !

Françoise émit un claquement de langue.

— Il ne devrait pas s'énerver comme ça, il va les exciter.

René gloussa.

— Trop tard ! Regardez Raoul le bouc ! Ça va chier dans le ventilo !

Il désigna du doigt le beau caprin mâle aux longues cornes, doyen du troupeau, qui raclait le sol avec son sabot, tête baissée.

— Oh, c'est pas bon signe, commenta Nicole de sa voix fluette. On devrait prévenir ce pauvre monsieur. Il risque d'en baver des ronds de chapeau.

Elle eut à peine le temps de terminer sa phrase que le bouc chargeait en direction de l'importun. Par chance, les cris de ses collègues l'avertirent du danger. Il détala aussi vite que s'il avait le diable à ses trousses et referma la barrière juste à temps pour éviter que les cornes de son poursuivant lui piquent le derrière. René éclata d'un rire colossal en se tapant sur les cuisses. D'abord mal à l'aise d'avoir mis en danger un innocent, les trois femmes se laissèrent gagner par son hilarité.

— Arrêtez, j'ai mal aux côtes, se plaignit Nicole entre deux spasmes en serrant ses bras autour de son torse.

— Tu parles, dis plutôt que tu as peur de pisser dans ta culotte, se moqua René, dont les joues avaient viré au cramoisi.

Épuisée par cet interminable fou rire, Françoise se laissa tomber sur le petit lit d'enfant. Même son impeccable mise en plis n'avait pas résisté à ces émotions fortes et quelques mèches mauves se dressaient sur son crâne. Elle s'éventa avec la main et déclara :

— Moi aussi, il faut que j'arrête sinon je crois que je vais faire un arrêt cardiaque.

Chantal poussa un cri de joie.

— Regardez, ils s'en vont ! s'exclama-t-elle en pointant la fenêtre du doigt.

Chacun reprit son sérieux et s'approcha pour vérifier.

— Je pense que grâce à Raoul le bouc, on a gagné la première manche, déclara Nicole d'un ton surexcité.

— Et pan, dans ta tronche de fion, Chamart ! exulta René. Et si on allait fêter ça autour d'un apéro ?

5

« Le meilleur vin n'est pas nécessairement le plus cher, mais celui qu'on partage. »

Comme prévu, Julien était passé récupérer ses bêtes le soir même, promettant de revenir avec elles dès que René lui ferait signe. Patrick Chamart avait mis quarante-huit heures avant de débarquer au volant d'un camion, en compagnie de deux hommes vêtus d'une combinaison grise identique à celle de l'éleveur de chèvres. Nicole, qui avait observé la scène depuis la fenêtre du premier étage, en avait déduit qu'ils exerçaient la même profession. Elle avait gloussé de plaisir lorsqu'elle avait vu le visage du patron de Belfroi Immobilier passer tour à tour de la stupéfaction, en découvrant qu'il n'y avait plus aucune chèvre dans les jardins, à la colère quand il avait compris qu'on s'était moqué de lui. Nicole avait craint un instant qu'il ne vienne sonner à sa porte, ou à celle de ses voisins, pour leur demander des comptes, mais il s'était contenté de remonter dans son véhicule en maugréant. Il croyait sans doute que la guerre était terminée. Il se trompait.

Elle ne faisait que commencer. À peine avait-il quitté le lotissement des Genêts que René avait téléphoné à Julien pour renouveler leur petit manège. Trois heures plus tard, les caprins paissaient à nouveau dans les jardins environnants.

Nicole se prépara un léger dîner et s'installa à la table de la salle à manger, devenue bien trop grande pour elle depuis le décès de Michel. Elle tourna la télévision et alluma le poste sur la première chaîne, histoire d'avoir un semblant de compagnie pendant son repas. Elle aurait aimé partager les événements de la journée avec quelqu'un, se réjouir avec cette personne du tour qu'ils avaient joué à l'odieux Chamart, trinquer à cette guerre qui commençait entre le CRLG et Belfroi Immobilier. Elle aurait aimé cuisiner pour deux, mitonner un bon petit plat à savourer en couple. Mais depuis qu'elle était veuve, elle n'avait plus le cœur à cuisiner. Pourquoi passer du temps à préparer un repas qu'elle serait seule à goûter ? La nourriture n'avait pas la même saveur sans compagnie. Elle se servit malgré tout un verre de vin rouge pour accompagner le jambon blanc et les haricots verts qui refroidissaient dans son assiette. Michel avait constitué au fil des années une magnifique cave à vin, au moins cinq cents bonnes bouteilles, « pour les grandes occasions », comme il disait. La vie ne lui avait pas permis d'en profiter. Pour ne pas répéter l'erreur de son époux, Nicole avait décidé d'ouvrir les bouteilles pour ses repas du quotidien. À quoi bon garder les choses pour plus tard, à quoi bon attendre le meilleur moment, quand le destin pouvait décider sans préavis à tout instant de vous arracher à ce monde ? Mais ces grands crus avaient un goût de cendre dans sa bouche. « Le meilleur vin n'est pas nécessairement le plus cher, mais celui qu'on partage », affirmait Georges Brassens. Voilà ce qui manquait à ce bordeaux, à ce repas, à ces longues journées qui se suivaient et se ressemblaient. La présence d'un autre être humain. *Si seulement Michel était encore là*, se désola Nicole. Il lui manquait tant. Marion n'avait pas tort sur ce point, elle appréhendait de finir sa vie seule. Et si elle tombait en faisant le ménage et qu'elle restait clouée au sol, incapable de se relever ? Est-ce que quelqu'un s'apercevrait de sa chute ? Est-ce que quelqu'un s'inquiéterait ? Et quand sa petite-fille aurait terminé ses études et partirait exercer son métier loin d'ici, qui viendrait lui ternir compagnie et écouter ses histoires de vieille bonne femme ? Elle repensa à la suggestion de Marion. S'inscrire sur un site de rencontres. Devrait-elle sauter le pas ? Après tout, elle avait encore de belles années devant elle, enfin, elle l'espérait. Elle pourrait les passer au bras d'un nouvel amoureux. Il n'était pas question de remplacer Michel, bien entendu. Il demeurerait toujours le grand amour de sa vie. Non, il s'agirait juste d'unir deux solitudes pour le bout de chemin qu'il leur restait à parcourir, de donner une nouvelle chance au bonheur, de terminer cette vie dans la joie.

Tout en picorant quelques haricots verts avec sa fourchette, elle soupesa l'idée. Était-elle prête à se lancer dans cette aventure ? Saurait-elle s'y prendre ? Saurait-elle quoi dire à ces inconnus en mal de compagnie ? À l'écran, le présentateur félicitait le candidat du jeu télévisé qu'elle regardait tous les soirs. Il venait d'ajouter une nouvelle victoire à son palmarès. Pourrait-elle ajouter elle aussi une victoire à son palmarès amoureux ? Cette simple pensée la fit rougir. Elle secoua violemment la tête et chassa ce projet saugrenu. Elle se hâta de terminer son repas et décida de téléphoner à Valérie. Elle n'avait pas parlé à sa fille depuis au moins quinze jours. Discuter avec elle lui remonterait le moral et balayerait ses sombres ruminations.

Elle débarrassa la table et glissa assiette, verre et couverts dans le lave-vaisselle. Depuis une semaine, il produisait un bruit bizarre en fonctionnant et elle craignait qu'il ne tombe en panne. Un problème dont elle se serait bien passée. C'était toujours Michel qui se chargeait de ce genre de tâche et elle ne savait pas qui appeler pour jeter un coup d'œil à l'appareil. Elle en parlerait à René demain. Il n'était pas très bricoleur, mais il aurait peut-être une idée. Elle s'installa au salon avec une infusion. Son sommeil se montrait souvent capricieux et elle avait pris l'habitude de boire une verveine après le dîner. Cela n'opérait pas de miracle, mais elle refusait de se gaver de somnifères.

Elle attrapa le combiné sans fil et la fiche bristol sur laquelle elle avait soigneusement noté les numéros importants de sa famille, de ses amis et contacts. Marion avait bien essayé de lui montrer comment utiliser la mémoire du téléphone, mais elle ne parvenait jamais à se rappeler la manipulation pour composer un numéro enregistré. Elle chaussa donc ses lunettes et tapa un par un les dix chiffres du numéro de sa fille. Valérie répondit à la cinquième sonnerie.

— Bonjour ma chérie, c'est maman.

— Bonjour maman. Pas la peine de me préciser chaque fois que c'est toi, je t'ai déjà expliqué que ton nom s'affiche sur l'écran quand tu appelles.

La voix transpirait d'agacement. Cela débutait mal. Ces derniers temps, Nicole avait souvent l'impression de déranger sa progéniture. Entre son nouveau boulot et sa vie sociale, elle n'avait apparemment plus une minute à elle. *Si seulement je pouvais en dire autant*, pensa la vieille dame avec une pointe de jalousie teintée de tristesse.

— Désolée ma chérie, j'avais oublié. De mon temps, les téléphones n'avaient pas d'écran, tu sais. Je ne te dérange pas au moins ?

Elle regretta sa question à l'instant même où les mots franchissaient le seuil de ses lèvres. Sans surprise, la réponse tomba comme un couperet.

— J'étais en train de me préparer, je dois sortir dîner, je suis pressée. Tu m'appelais pour quelque chose de particulier ?

Nicole tenta de masquer sa déception.

— Non, non. C'était juste pour papoter un peu. Mais ce n'est pas grave, je te rappellerai une autre fois.

— Enfin j'ai quand même cinq minutes, tempéra Valérie d'un ton coupable. Où en es-tu avec ton problème de promoteur immobilier ?

Évidemment, de tous les sujets de discussion, il fallait qu'elle choisisse celui-là.

— Nous résistons, ma chérie, nous résistons. J'ai bon espoir qu'il renonce à son projet, mais je préfère ne pas mettre la charrue avant d'avoir vendu la peau de l'ours.

— On dit « Mettre la charrue avant les bœufs » ou bien « Ne pas vendre la peau de l'ours avant de l'avoir tué », maman. Mais pas les deux.

— Bref, peu importe ma chérie. En tout cas, les choses se présentent bien.

Elle mentait, le combat était loin d'être gagné, mais elle ne voulait pas inquiéter sa fille. À l'autre bout du fil, un soupir retentit.

— Tu sais, maman, ce ne serait peut-être pas une si mauvaise idée de vendre la maison. Avec Marion, on n'aime pas te savoir seule dans cette grande baraque. Tu pourrais déménager et te rapprocher de moi. Il y a de très jolies maisons de retraite ici.

Maison de retraite. Et voilà, le mot était lâché. Ce mot que toute personne de son âge redoutait. Abandonner son chez-soi pour s'installer dans une chambre minuscule au milieu de parfaits inconnus, encadré par du personnel qui décidait à votre place, perdre sa liberté, son autonomie… Renoncer à la vie en quelque sorte. Non, Nicole n'était pas prête à renoncer à la vie. Ni maintenant, ni jamais.

6

« Ma foi, je me débrouille pas trop mal avec une clé à molette. »

Comme chaque matin, Nicole sortit pour sa promenade quotidienne. Qu'il vente ou qu'il neige, elle s'obligeait à marcher vingt minutes par jour dans la campagne. D'après les articles de ses magazines fétiches, cette habitude constituait le secret d'une longue vie en bonne santé, alors la septuagénaire préférait mettre toutes les chances de son côté. Le temps virait enfin au beau et promettait une magnifique journée de printemps. Les arbres agitaient vers le ciel leurs bras chargés de bourgeons, les insectes virevoltaient dans une valse frénétique, les oiseaux sifflotaient des airs enchanteurs. Oui, cette journée s'annonçait bien. Elle croisa René et Chantal qui rentraient du supermarché et déchargeaient leurs sacs de courses. Elle s'arrêta pour les saluer et discuter un peu. Ils évoquèrent les dernières nouvelles de leur combat contre Belfroi Immobilier. Les ouvriers n'étaient pas réapparus et les chèvres profitaient de leur nouveau terrain de jeu. Leurs bêlements mettaient de la vie dans le lotissement et Nicole se réjouissait de cette présence inattendue. À l'inverse, Chantal, sans surprise, s'agaçait du bruit occasionné par les animaux. Alors qu'elle s'apprêtait à laisser ses voisins vaquer à leurs occupations pour poursuivre sa balade, Nicole se rappela soudain qu'elle avait un service à demander à l'ancien instituteur.

— Au fait, René, désolée de te prendre à brûle-pourpoint, mais si tu as un peu de temps tout à l'heure, pourrais-tu jeter un coup d'œil à mon lave-vaisselle ? Il fait un bruit bizarre depuis quelques jours, comme s'il avait un chat dans la gorge. J'ai peur qu'il me lâche.

Son ami partit d'un gros rire.

— Mais j'y connais que dalle ! Je suis une vraie burne en bricolage.

Nicole haussa les épaules d'un air à la fois déçu et résigné.

— Alors je vais croiser les doigts pour qu'il ne tombe pas en panne. Sinon tant pis, je devrai en acheter un autre.

René gratta son crâne dégarni.

— C'est couillon, quand même. Si ça se trouve, c'est trois fois rien. Pourquoi tu ne demandes pas à Jacques ? Il est peut-être bricoleur.

— Je ne vais pas le déranger pour ça, je le connais à peine.

— Attends, on va lui poser la question tout de suite, le voilà qui sort de chez lui.

D'un signe de la tête, il désigna le portail d'en face qui s'entrouvrait.

— Non, non, laisse tomber, s'affola Nicole, pas du tout à l'aise à l'idée de solliciter un service de l'homme qui avait refusé de la laisser entrer la semaine précédente.

Trop tard, René interpellait déjà leur voisin.

— Eh Jacques, tu es bon en bricolage ?

Comme à son habitude, il tutoyait tout le monde, vestige d'une époque où la plupart de ses fréquentations affichaient moins de dix ans. Même à cette distance, ils aperçurent les sourcils de Jacques dessiner un accent circonflexe. Sans se départir de sa mimique d'étonnement, il s'approcha d'eux.

— Ça dépend, répondit-il d'un ton prudent.

Loin de se laisser impressionner par le manque d'enthousiasme évident du vieil homme, René le charria.

— Pas la peine de paniquer, je ne vais pas te demander de retaper ma baraque. Mais cette gente dame a un problème de lave-vaisselle et aurait bien besoin que quelqu'un y jette un coup d'œil pour voir ce qui cloche. Je me serais volontiers dévoué, mais je suis nul à chier en bricolage.

Jacques ébouriffa sa chevelure blanche. Il posa les yeux sur Nicole, qui fixa aussitôt ses pieds, gênée.

— Ma foi, je me débrouille pas trop mal avec une clé à molette. Je peux essayer. Cela vous va si je passe après le déjeuner ?

La question s'adressait à Nicole, qui n'eut d'autre choix que de relever la tête pour soutenir le regard pénétrant de son énigmatique interlocuteur. Lui qui avait refusé de venir boire un café la semaine dernière s'invitait chez elle. Et à l'heure du café en plus ! Il devait être sénile. Ou abuser des médicaments. Ou prendre de la drogue. Les rumeurs disaient peut-être vrai. Peut-être était-il réellement un trafiquant de cocaïne à la retraite. Et maintenant, pour meubler l'ennui, il consommait à outrance les stocks conservés en souvenir de son ancienne carrière. Les scénarios les plus rocambolesques défilaient dans l'imagination lâchée à pleine vitesse de la vieille dame. Jacques, trente ans plus jeune, échappant à la police au volant d'une berline noire aux vitres teintées, sous les rafales des mitraillettes. Jacques, un énorme cigare au coin de la bouche, tirant une balle dans la tête d'un rival agenouillé à ses pieds. Jacques en costume sombre à rayures, ses cheveux noir de jais plaqués en arrière par de la Gomina, distribuant sa came à ses revendeurs.

— Nicole, tout va bien ?

Elle cligna des paupières à plusieurs reprises pour redescendre sur terre. La mine inquiète, ses trois voisins la scrutaient. Elle comprit qu'elle avait dû rester trop longtemps silencieuse. À leur âge, le moindre comportement inhabituel alertait tout de suite l'entourage. Un problème cérébral était si vite arrivé...

— Oui, pardon, j'étais dans la lune. Il ne faut pas vous sentir obligé de passer, Jacques, ajouta-t-elle sans parvenir à masquer le sarcasme dans sa voix.

Chantal leva les yeux au ciel. Pour une fois que leur malotru de voisin daignait leur rendre un service, elle n'allait quand même pas refuser ? Elle décocha à Nicole un regard noir pour lui signifier sa réprobation.

— Pourquoi, votre lave-vaisselle est réparé ? répliqua Jacques, les lèvres retroussées en un demi-sourire.

— Eh bien, non, mais…

— Donc c'est réglé, je passerai jeter un coup d'œil à la bête à quatorze heures.

Sans attendre de réponse, il pivota et repartit en direction de sa maison. Les trois amis l'observèrent attraper le courrier dans sa boîte aux lettres et disparaître derrière son infranchissable clôture.

— Finalement, ce vieux schnock n'est peut-être pas si désagréable que ça, commenta Chantal. Bon, sur ce, si on terminait de vider nos courses ?

Nicole remercia René pour son aide, bien qu'elle ne sache pas si elle devait se réjouir de cette initiative, et reprit sa balade. De retour dans la tiédeur douillette de sa maison, elle entreprit de préparer des cookies en prévision de la visite de Jacques. C'était peut-être un vieux schnock, comme disait Chantal, mais il prenait la peine de venir ausculter son lave-vaisselle et méritait donc d'être reçu correctement. Et pour recevoir, Nicole en connaissait un rayon. Elle se revit, comme sur une bobine de film Super 8 aux couleurs délavées, servant un merveilleux civet de lièvre à une longue tablée d'amis pour les trente ans de Michel, découpant un énorme gâteau nappé de crème chantilly sous dix bougies à un groupe de fillettes excitées, mitonnant une paella géante pour fêter le départ à la retraite de son mari. Oui, Nicole savait recevoir et, quels que soient ses sentiments à l'égard de Jacques, il aurait droit au traitement qu'elle réservait à tous ses invités.

Appréhendant la visite à venir, la vieille dame peina à avaler son déjeuner, une bavette à l'échalote, plat qu'elle affectionnait pourtant d'ordinaire, accompagnée de pommes de terre sautées, une petite folie pour son cholestérol, mais à laquelle elle succombait de temps à autre. Une fois la vaisselle lavée, à la main pour ne pas encombrer le lave-vaisselle avant que Jacques ne le manipule, elle jeta un regard à la pendule murale de la cuisine. Treize heures trente. Elle avait encore du temps devant elle. Elle passa un coup d'éponge sur son plan de travail en grès et sur sa table en Formica, s'assura que le salon n'était pas en désordre, remit en place le napperon qui ornait sa table basse, retapa les coussins en crochet qui garnissaient le canapé, et décida que la maison était fin prête à recevoir son hôte. Un bref coup d'œil à son reflet dans le vieux miroir piqué de taches lui arracha une grimace. Ses cheveux rebiquaient de manière anarchique, la faute à sa promenade matinale, son pull avait connu des jours meilleurs (mais très longtemps auparavant) et son pantalon arborait une grosse marque de graisse sur la cuisse droite. Hors de question d'accueillir quelqu'un avec une apparence si négligée. Nicole parcourut aussi vite que son arthrose le lui permettait le couloir au papier peint défraîchi qui menait à sa chambre. Elle se dépêcha de se changer, troquant ses vêtements sales et fatigués contre un chemisier à fleurs et un pantalon noir. Une tenue simple, mais coquette. Sa montre indiquait treize heures cinquante-cinq. Elle profita des minutes qui lui restaient pour se recoiffer dans la salle de bains. Elle venait de reposer sa jolie brosse en poils de sanglier quand la sonnette retentit.

— J'arrive ! cria-t-elle de sa voix flûtée.

Elle avait pris cette habitude quelques mois plus tôt, quand elle avait constaté que sa hanche l'empêchait de gagner la porte assez vite. Elle s'était plusieurs fois trouvée face à un perron vide, ses visiteurs ayant interprété cette attente interminable comme une preuve de son absence. Elle jeta un dernier regard à son allure, la jugea acceptable et quitta la salle de bains pour accueillir son visiteur.

— Alors, montrez-moi ce lave-vaisselle capricieux, demanda Jacques après les salutations d'usage.

Elle le guida jusqu'à la cuisine et pointa du doigt l'appareil électroménager encastré sous l'évier.

— Il n'est pas tout jeune, à ce que je vois, remarqua Jacques face au vieux modèle aux boutons encore analogiques.

— Une dizaine d'années, je dirais, avoua Nicole dans un filet de voix, presque prête à s'excuser de l'âge de l'engin.

Contre toute attente, son voisin parut au contraire se réjouir de la situation.

— Tant mieux. Les nouveaux trucs bourrés de gadgets électroniques, je n'y connais rien. Alors qu'un bon vieux lave-vaisselle à l'ancienne, ça se répare. En plus, à l'époque, on fabriquait du solide. Pas comme maintenant.

Il souffla avec dédain, avant d'extraire l'appareil de son emplacement sous le plan de travail. Il le mit en marche et fronça les sourcils en entendant le bruit bizarre qu'il produisait.

— Il doit y avoir quelque chose de coincé dans la pompe ou le tuyau de vidage, observa-t-il comme pour lui-même.

Il fit basculer le lave-vaisselle sur le côté, démonta le panneau inférieur et commença à bricoler à l'intérieur.

— Et voilà ! clama-t-il d'un ton victorieux en brandissant un morceau d'os de poulet. Je vous présente le responsable de ce bruit désagréable. Maintenant que j'ai nettoyé la pompe, il ne devrait plus vous embêter.

Nicole se confondit en remerciements et se sentit même rougir, sans trop savoir si cette réaction était due à la gêne d'avoir obligé son voisin à trifouiller ses débris alimentaires ou à la joie qu'il ait résolu son problème.

Une fois le lave-vaisselle remis en place, Jacques voulut s'éclipser, mais Nicole refusa catégoriquement de le laisser partir. Elle comptait bien le dédommager du déplacement avec une collation. Elle resta sourde à ses protestations, lui prit le bras et l'entraîna jusqu'au salon. Elle disposa sur la table basse l'assiette de cookies qu'elle avait cuisinés ainsi qu'un pot de café et deux tasses en porcelaine, le service qu'elle réservait pour les grandes occasions. Elle n'avait jamais succombé aux sirènes de ces nouvelles machines à dosettes. Elle préférait sa vieille cafetière, qu'elle alimentait avec du café fraîchement moulu par ses soins. Marion et Valérie se plaignaient souvent de son « jus de chaussettes » comme elles le désignaient, mais ce breuvage léger lui convenait très bien. Et pouvoir en préparer une grosse quantité d'avance était pratique.

— Désirez-vous du sucre ? s'enquit-elle en versant le liquide noir dans la tasse de son invité.

— Malheureusement, mon diabète me l'interdit, expliqua Jacques en secouant la tête, l'air misérable.

Elle lui adressa une mimique compatissante. Entre septuagénaires, on comprenait ce genre de problème.

— En revanche, je ferais volontiers une exception pour goûter l'un de vos cookies, ils ont l'air délicieux, ajouta-t-il en piochant un gâteau dans l'assiette.

Il se cala dans le canapé en tissus vert pour savourer la pâtisserie. Nicole reposa son pot de café et prit place face à lui dans le fauteuil.

— Vous avez une jolie vue, commenta son invité entre deux bouchées.

Elle porta son regard sur les larges baies vitrées qui offraient un panorama sur son jardin et la campagne environnante. Au loin, le clocher d'un village voisin. Lorsque Michel et elle avaient visité la maison, une quarantaine d'années auparavant, ce spectacle les avait fascinés. Eux qui vivaient dans un petit deux-pièces sombre et mal agencé, sous les toits de Perclin, s'étaient enthousiasmés pour la luminosité de cette grande maison et s'imaginaient déjà prenant leur repas face à la beauté de mère nature. Elle hocha la tête.

— Oui, je n'ai pas à me plaindre. Vous comprenez pourquoi, malgré la construction de ce supermarché, je n'ai pas envie de renoncer à tout ça.

Elle balaya l'air du bras en désignant le vaste living-room et ses immenses fenêtres.

— J'espère bien que le promoteur finira par laisser tomber, déclara Jacques.

Nicole souffla.

— Si nous ne trouvons pas rapidement un nouveau stratagème pour ralentir les travaux, j'en doute. Notre petit manège avec les chèvres ne va pas pouvoir durer éternellement. Nous tenons notre prochaine réunion du Comité de résistance du lotissement des Genêts demain soir, comme tous les vendredis. Un cerveau supplémentaire nous serait bien utile.

La vieille dame s'étonna elle-même de son audace. Ses voisins et elle avaient déjà convié Jacques à de nombreuses reprises et il avait toujours décliné les invitations, sous des prétextes variés. D'ordinaire, elle n'était pas du genre à harceler les gens pour parvenir à ses fins, mais la conversation de la veille avec Valérie justifiait qu'elle prenne le taureau par les cornes. Elle refusait de quitter son domicile pour finir en maison de retraite.

Jacques fronça les sourcils. Il pensait en avoir terminé avec ces invitations. Depuis le temps qu'il les déclinait, il aurait cru que ses voisins se seraient fait une raison. Il ne voulait pas les fréquenter. Rien de personnel. Mais il ne pouvait pas se permettre de sympathiser avec eux. Ce serait trop risqué. Alors, même si Nicole paraissait charmante, il allait une nouvelle fois devoir trouver une excuse.

— Je ne suis pas disponible demain soir, commença-t-il.

— Vous n'êtes jamais disponible lorsque l'on vous invite, observa son hôtesse d'un ton de reproche. Vous pourriez faire un effort. On parle tout de même de nos maisons, de nos vies !

Sa voix se cassa à la fin de sa phrase et ses yeux s'embuèrent. Troublé, Jacques hésita sur la conduite à tenir. Il n'avait jamais su gérer les larmes des femmes. Son ex-épouse en avait d'ailleurs bien profité et avait usé et abusé de cette carte pour obtenir un divorce plus que favorable. Nicole renifla et il tira un mouchoir en tissu de blanc de sa poche et le lui tendit. Elle accepta de bonne grâce ce geste tout droit sorti d'un film en noir et blanc et se tamponna les yeux.

— Il ne faut pas vous mettre dans des états pareils, tenta-t-il d'une voix bourrue.

— Facile à dire pour vous ! Ce n'est pas vous qui allez vous retrouver en maison de retraite !

Un nouveau sanglot s'empara de la vieille dame. Jacques passa une main dans ses cheveux, comme chaque fois qu'il était mal à l'aise.

— Mais de quoi parlez-vous ?

Longtemps après, en repensant à cette discussion, Nicole se demanderait pourquoi elle avait décidé de se confier à cet homme qu'elle connaissait à peine et qui paraissait se soucier du reste de l'humanité comme de sa première brosse à dents. Peut-être à cause de la lueur de compassion qu'elle avait lue dans son regard. Peut-être à cause du malaise évident qu'elle devinait chez lui. Peut-être parce qu'elle avait besoin de s'épancher sur une épaule masculine. Elle ne saurait sans doute jamais ce qui l'avait poussée à se confier à ce quasi-inconnu plein de mystères. Pourtant, elle lui avait raconté l'inquiétude de Marion et Valérie de la savoir seule ici. Elle lui avait raconté l'ombre menaçante de la maison de retraite. Elle lui avait même raconté les longues journées de solitude, l'absence de Michel, la peur de mourir seule chez elle. Elle avait raconté, raconté, raconté, jusqu'à ce que l'assiette de cookies soit vide et le café froid.

Jacques avait écouté sans jamais l'interrompre. Lorsqu'elle avait terminé de parler, lorsqu'elle n'avait plus eu de larmes, il avait juste dit : « Je viendrai demain soir. Tout va s'arranger. »

7

« À quoi bon vivre centenaire si je ne peux pas profiter de la vie ? »

Ce soir, la réunion se tenait chez Françoise. Nicole glissa dans un sac le paquet de biscuits apéritif et la bouteille de vin blanc, enfila son imperméable et ferma la porte derrière elle. Elle constata avec satisfaction que l'averse s'était enfin interrompue. Il avait plu tout l'après-midi, il était temps que la météo s'arrange, sinon sa hanche ne tarderait pas à se rappeler à son bon souvenir. Les températures avaient fraîchi, par chance elle n'avait que quelques mètres à parcourir pour rejoindre la maison de sa voisine. Il était tout juste dix-huit heures, mais ils avaient avancé l'horaire du rendez-vous. L'ordre du jour s'annonçait chargé après la journée mouvementée qu'ils avaient vécue. Comme prévu, les ouvriers avaient pointé leur nez ce matin et n'avaient pas apprécié de se trouver à nouveau face à face avec les chèvres. Ils étaient repartis aussi sec et René avait préféré alerter Julien pour qu'il passe récupérer ses bêtes en vitesse. Patrick

Chamart risquait de ne pas goûter une seconde fois la plaisanterie et, connaissant le bonhomme, il était fichu d'envoyer les pauvres animaux à l'abattoir. Les prédictions de René s'étaient révélées exactes : le patron de Belfroi Immobilier était arrivé moins d'une heure plus tard. Il s'en était fallu de peu qu'il tombe sur l'éleveur et son troupeau. Il avait vociféré en découvrant qu'on s'était encore moqué de lui. Mais cette fois, il avait fermé à l'aide de solides cadenas tous les portails de ses terrains. La zone de travaux était maintenant inaccessible. Il y avait urgence à établir un nouveau plan.

René et Chantal se trouvaient déjà sur place lorsque Nicole arriva. Françoise la remercia pour le ravitaillement qu'elle avait apporté et l'invita à rejoindre le reste du groupe au salon. La pièce semblait figée dans les années 1980. Papier peint à larges motifs, canapé à grosses fleurs, vieux tapis élimé. La petite cheminée sur laquelle s'entassaient des cadres photo n'avait plus connu de feu depuis le décès du maître des lieux, un an auparavant. Nicole jeta un regard nostalgique aux clichés décolorés représentant les bouilles rondes des cinq petits-enfants de Françoise. Sur l'un d'eux, on apercevait Marion en arrière-plan. Elle devait avoir huit ans. Nicole se souvenait de cette journée de juillet. Les gamins avaient organisé un pique-nique géant dans le jardin de Françoise et Maurice, son défunt époux. Qu'il était loin, le temps où leurs chères petites têtes blondes passaient les vacances chez papi et mamie, songea-t-elle avec lassitude. Elle chassa ses pensées mélancoliques et prit place dans un fauteuil aussi vieux qu'inconfortable. Son amie lui servit un verre de chardonnay frais et ils trinquèrent tous les quatre.

— Ça fait du bien par où ça passe, déclara René après avoir avalé une rasade de sa boisson favorite.

— Oui, eh bien doucement sur le whisky quand même, le sermonna Chantal. Pense à ta glycémie.

— Oh, j'en ai plein le cul de cette saloperie de glycémie ! s'exclama l'ancien instituteur en reposant son verre avec tant de force que quelques gouttes vinrent s'écraser sur la table. À quoi bon vivre centenaire si je ne peux pas profiter de la vie ?

Il portait son costume marron, celui des mauvais jours. Pas de doute, il était de méchante humeur. Avisant la mine ulcérée de Chantal, Françoise jugea préférable de provoquer une diversion avant que le couple ne leur inflige une des houleuses disputes dont il avait le secret.

— Et si nous commencions ? proposa-t-elle en attrapant son stylo-plume et son cahier d'écolière.

Elle inscrivit la date du jour et l'heure de son écriture rendue malhabile par l'arthrite.

— Nous devrions attendre Jacques, objecta Nicole.

— Parce que tu crois que ce vieux grincheux va se pointer ? râla René. Il n'a jamais daigné ramener son cul au moindre de nos apéritifs, pourquoi ferait-il une exception aujourd'hui ?

— Il m'a promis qu'il viendrait.

— Ben il prendra la séance en cours, affirma René d'un ton sans appel. On n'a pas la nuit devant nous. Bon, les chèvres, c'est foutu. Avec les cadenas qu'a posés cette bouse de Chamart, impossible d'accéder aux jardins. Donc qu'est-ce qu'on fait ?

— On ne peut pas les briser, ces cadenas ? se renseigna Françoise en attrapant sa pipe et son tabac rangés sous la table basse.

— T'as vu l'épaisseur du truc ? Je ne suis pas Rambo, moi, je ne pourrai jamais péter un machin pareil, même avec une pince. Et puis, on ne va pas passer notre vie à obliger ces pauvres bestioles à faire des allers et retours. Non, il faut trouver un autre plan.

— T'en as de bonnes, toi. Je me creuse les méninges depuis ce matin, rouspéta Chantal en piochant une poignée de gâteaux apéritifs qu'elle mâcha avec vigueur. De toute façon, aujourd'hui mon horoscope affirme que rien ne me réussit. Alors ne comptez pas sur moi pour vous sauver la mise.

René secoua la tête en gesticulant.

— Pfff, c'est des conneries tout ça. Comment peux-tu gober ces sornettes que te débitent les madame Soleil et autres charlatans de mes deux ?

Les joues de sa femme s'empourprèrent. Les narines palpitant d'indignation, elle se récria :

— Ce ne sont pas des sornettes ! L'astrologie est une science respectable ! D'ailleurs, ton horoscope du jour annonçait que tu serais de méchante humeur. Tu vois qu'il avait raison !

Elle pointa vers lui un doigt victorieux. Pour toute réponse, René émit un reniflement dédaigneux. Le carillon de la sonnette mit un terme à l'altercation entre les époux. Françoise partit ouvrir et revint deux minutes plus tard, accompagnée de Jacques.

— Bonsoir la compagnie, lança le nouvel arrivant.

Nicole s'empressa de répondre avant que René ne raille leur voisin. L'ancien instituteur se montrait d'ordinaire plutôt affable. Sauf lors de ses « mauvais jours », comme il les appelait. Et vu son comportement et la couleur de son costume, aujourd'hui était un très très mauvais jour. Nicole devinait que la peur de voir sa tranquillité bouleversée par la construction du supermarché causait cette humeur chagrine. Avec Chantal, ils avaient emménagé dans le lotissement des Genêts six mois après Michel et elle. Autant dire qu'ils habitaient ici depuis toujours.

— Vous arrivez juste à temps, nous allions commencer, lança-t-elle avec amabilité à Jacques.

Ce dernier tendit une bouteille de whisky à Françoise avant de s'installer sur le canapé à fleurs, aux côtés de Chantal et René. Une lueur d'intérêt s'alluma dans les iris marron de l'ancien instituteur.

— Je peux voir ? dit-il en attrapant la bouteille.

Il posa ses lunettes sur son nez pour mieux déchiffrer l'étiquette.

— Glenfiddich, ma marque préférée. Ça commence bien. Single malt écossais, quinze ans d'âge, vieilli en fût de chêne.

Un sourire de satisfaction plissa son visage. Il reposa la bouteille, ôta ses binocles qu'il rangea dans la poche de son veston.

— Eh ben, tu t'es pas foutu de notre gueule, mon cochon, commenta-t-il d'un ton ravi. Faut que je me dépêche de terminer celui-là pour goûter cette petite merveille.

Il vida son verre cul sec et s'empara du nouveau whisky dont il se versa une longue rasade. Chantal ouvrit la bouche pour protester, mais Nicole lui fit signe de laisser tomber. Si cette boisson pouvait permettre à son mari de retrouver sa bonne humeur, autant en profiter. René fit tourner le liquide ambré dans son verre puis le huma.

— Belle robe dorée. Au nez, on devine des effluves de fleurs de pommier, de pain fraîchement cuit et de citron confit. Voyons voir ce qu'il donne à la dégustation.

La mine gourmande, il trempa ses lèvres dans l'alcool. Deux grosses fossettes se creusèrent sur ses joues.

— Une merveille en bouche ! Profondeur de la vanille, brioche sucrée, bois de santal, sorbet à la poire, raisin blanc… Les arômes sont incroyables. Et cette touche finale luxuriante, vibrante et persistante. Un régal.

Il se pencha vers Jacques et lui serra la main.

— Mon vieux, merci pour ce moment. Si je n'avais pas peur que tu me prennes pour une gonzesse, je t'embrasserais.

Deux apéritifs et trois paquets de gâteaux plus tard, le groupe n'avait pas progressé d'un pouce dans ses réflexions.

— On pourrait installer d'autres cadenas sur les grilles, suggéra Françoise dans une volute de fumée. Comme cela, les ouvriers ne pourraient pas rentrer.

— Malheureusement, avec leur matériel, ils n'auraient aucun mal à les briser, expliqua Jacques.

— Mais je ne comprends pas pourquoi nous ne pouvons pas faire pareil, demanda Nicole. Nous sommes moins costauds et moins équipés, c'est vrai, mais nous pourrions trouver quelqu'un qui réaliserait le boulot à notre place.

— Peut-être, approuva René. Mais notre incursion sur les terrains deviendrait alors une entrée par effraction. Aux yeux de la loi, nous serions en infraction. Et ce sac de crottes de Chamart pourrait porter plainte contre nous.

Il fit tourner le liquide ambré dans son verre et se perdit dans sa contemplation. Le moral des troupes frôlait le zéro. Il fallait trouver une idée, et vite ! Sinon, c'en était fini de leur existence actuelle.

— Remarquez, à part les portails, le reste des propriétés n'est pas vraiment sécurisé. La haie des Jambin est pleine de trous, celles des Nogueira et des Berthon ne valent guère mieux, le grillage des Dubois est déchiré à plusieurs endroits et la clôture des Claudel n'est pas bien difficile à escalader.

Nicole pencha la tête et observa l'ancien instituteur.

— Tu sous-entends qu'il serait possible de s'introduire dans ces propriétés. Mais tu disais tout à l'heure que ce serait un délit.

— Oui, mais de cette manière, on ne laisserait pas de traces.

Le groupe médita un instant cette affirmation. La première à objecter fut Françoise.

— Sans vouloir te vexer, René, nous sommes trop vieux pour nous faufiler au travers de haies, ramper sous des grillages ou escalader des clôtures.

— Tu as raison, répliqua l'ancien instituteur, les lèvres relevées en une expression mutine. Je ne pensais pas à nous.

Quatre paires d'yeux interrogateurs se braquèrent sur lui. Il poursuivit.

— Parmi nos petits-enfants, nous pourrions dénicher un volontaire. Hugo, par exemple, est encore assez menu à neuf ans pour cette mission et, avec son côté intrépide, il adorerait ça.

— Pas sûr que sa mère adore en revanche, releva Chantal.

René haussa les épaules.

— On gérera le problème de notre fille plus tard. De toute façon, elle ne sera pas ravie non plus si on doit vendre la maison et qu'on ne peut plus accueillir sa tripotée de marmots pour les vacances.

— Même si Hugo peut s'introduire sur les terrains rachetés par Belfroi Immobilier, tant qu'on n'a pas de plan, cela ne nous sert pas à grand-chose, nota sa femme.

Dehors, le hululement d'une chouette déchira le silence, leur rappelant que la soirée était déjà très avancée.

— J'ai de la quiche au frigo, je vais la réchauffer, annonça Françoise. Manger facilitera peut-être nos réflexions.

Sa proposition fut accueillie avec enthousiasme. À force d'enchaîner les apéritifs, Nicole commençait à avoir la tête qui tournait. Il ne manquerait plus qu'elle termine avec une gueule de bois à son âge ! Elle se leva pour aider son amie à préparer ce dîner improvisé et dresser la table. Quinze minutes plus tard, les cinq retraités avaient migré dans la salle à manger et, attablés autour de la nappe en plastique, dégustaient la quiche lorraine cuisinée la veille par leur hôtesse. Les estomacs se remplissaient dans un calme religieux, personne ne pipait mot. Vingt-deux heures sonnèrent à la pendule. Un horaire bien tardif pour eux. Ce fut René qui rompit le silence. Il reposa sa fourchette qui heurta son assiette avec un son désagréable.

— Punaise, je crevais la dalle, moi. Ça va mieux. Une idée m'a traversé l'esprit pendant que je mangeais. Vous vous rappelez ce feu d'artifice qu'on avait tiré dans le jardin pour les soixante-dix ans de Chantal ?

Ses amis le dévisagèrent comme s'il venait de faire un AVC. Chantal lui tapota la main comme à un enfant trop jeune pour comprendre la situation.

— C'était une très belle soirée, chéri, tout le monde s'en souvient, mais je ne vois pas le rapport avec Belfroi Immobilier. Je me demande si tu n'as pas un peu trop bu.

Elle se leva et s'excusa auprès des autres.

— Je crois qu'il vaut mieux qu'on rentre.

Le visage rond de René vira au cramoisi.

— Bordel de nouille à queue, mais c'est pas bientôt fini de me prendre pour un vieux gâteux ?! Je suis tout ce qu'il y a de plus lucide ! Nom de Dieu !

— Je t'en prie, ne jure pas comme ça ! s'offusqua Chantal en haussant les paumes en signe de protestation.

Elle avait horreur que son mari s'attaque à Dieu, aux cieux, à l'astrologie ou à toute forme divine ou surnaturelle. Qui savait ce qui les attendait dans l'au-delà ? Mieux valait rester dans ses bonnes grâces.

— Alors, vous voulez connaître mon plan, oui ou zut ? reprit René d'un ton radouci.

— Ouiiii ! s'exclamèrent en chœur les membres du CRLG.

Rasséréné d'avoir regagné leur intérêt, le vieil instituteur se redressa sur sa chaise. Il aurait aimé se lever et arpenter l'estrade face à ses élèves captivés. Comme ces moments lui manquaient. L'odeur de craie. Les cartables en cuir. Le bruit des stylos sur le papier. Il lissa son gilet en velours marron du plat de la main et s'éclaircit la voix. Le public avait changé, mais ce soir il avait l'occasion de charmer à nouveau son auditoire.

— Lorsque j'avais organisé ce feu d'artifice, j'avais utilisé un système de contrôle radio qui m'avait permis d'allumer les fusées à distance. Ainsi, j'avais pu profiter du spectacle avec vous en toute sécurité.

Enflammé par sa diatribe, il s'éjecta de sa chaise et commença à parcourir la pièce de long en large.

— Imaginez maintenant ce même kit de contrôle à distance branché sur des pétards. Un simple appui sur le bouton et boum, boum, boum !

Il agita les bras en l'air pour mimer les bruits d'explosion. Face à lui, ses amis semblaient toujours perplexes. Loin de s'en offusquer, il s'amusa de leurs sourcils froncés et poursuivit.

— Imaginez maintenant la réaction d'un groupe d'humains face à ce qui ressemble fort aux détonations d'une arme à feu…

Jacques fut le premier à comprendre. Son visage s'éclaira et un sourire fendit sa peau ridée. Il tapa du poing sur la table.

— J'adore cette idée ! Mon vieux, tu es un génie.

René dodelina de la tête, l'air faussement modeste.

— Je te remercie du compliment, je savais bien que tu étais un chic type.

— Mais je suis sincère ! insista Jacques. Je suis bluffé par ton intelligence.

L'ancien instituteur épousseta une poussière imaginaire sur le revers de son veston.

— C'est vrai qu'on m'a souvent dit que je ne manquais pas d'inventivité.

Nicole toussota.

— Sans vouloir interrompre ce touchant échange de politesses, ce serait sympa de nous expliquer ce qui se passe, car pour ma part, je ne comprends rien à vos histoires.

— Moi non plus, renchérit Françoise.

— Pareil, conclut Chantal.

Les deux hommes partagèrent un éclat de rire. Jacques dessina une élégante arabesque avec son bras en désignant René.

— À toi l'honneur, cher génie.

L'ancien instituteur rosit de plaisir et obtempéra avec une joie non dissimulée.

— Alors voilà, nous allons acheter une palanquée de pétards qu'avec l'aide d'Hugo, nous planquerons dans les terrains rachetés par ce gros con de Chamart. Je raccorderai le tout à un kit d'allumage à distance. Quand les ouvriers se pointeront, je déclencherai le système. Cela va exploser dans tous les sens. Ils ne comprendront pas ce qui se passe et penseront à une fusillade.

Il gloussa avec la mine d'un gamin devant la vitrine du confiseur et reprit :

— Croyez-moi, ils vont chier dans leur froc !

Cinq secondes s'écoulèrent pendant lesquelles les trois femmes assimilèrent ces informations. Nicole écarquilla les yeux et battit des mains.

— Ma foi, cela pourrait marcher, s'enthousiasma-t-elle. Et le spectacle promet d'être très drôle.

— Et si j'allais nous chercher une bouteille de champagne pour fêter ce plan machiavélique ? suggéra Françoise, dont la proposition fut accueillie par un concert d'acclamations.

8

« Pourquoi tu lui casses pas la gueule comme James Bond ? »

Le samedi matin, René enfila son costume en velours bleu et se rendit en ville afin d'acquérir le matériel nécessaire à la réalisation de leur plan. Il revint ravi de son périple, le coffre rempli d'assez de pétards pour simuler une troisième guerre mondiale. De son côté, Chantal avait pour mission de convaincre Maud, leur fille, de leur laisser Hugo pour la journée. Elle prétexta un besoin urgent de main-d'œuvre pour du jardinage. Comme elle s'y attendait, Louise, l'aînée, avait déjà organisé son après-midi. À quatorze ans, on a mieux à faire de ses samedis que moisir chez ses grands-parents. Quant à Quentin, le plus jeune, avec ses quatre ans, il ne serait d'aucune aide pour cette activité physique. Hugo était un brave gamin, toujours prêt à rendre service, et il accepta avec enthousiasme de venir aider ses grands-parents. Face à l'insistance de sa mère et l'engouement de son fils, Maud ne résista pas bien longtemps et il fut convenu qu'elle déposerait le jeune garçon chez Chantal et René après le déjeuner.

À quatorze heures, Hugo sonna donc chez ses grands-parents. Ces derniers l'accueillirent avec effusion, comme à leur habitude, et Chantal commença par lui offrir quelques douceurs. Le gosse raffolait des crêpes au chocolat, aussi en avait-elle préparé une douzaine qu'elle lui servit accompagnée d'un pot de pâte à tartiner. Pendant que le gamin, la bouille pleine de traces de chocolat, engloutissait son festin, René entreprit de lui expliquer ce qu'ils attendaient de lui.

— En fait, mon bonhomme, nous ne t'avons pas fait venir pour du jardinage.

Le petit, qui s'apprêtait à enfourner un énorme morceau, suspendit son geste et dévisagea son grand-père, la bouche ouverte, la crêpe en l'air. Ses doux yeux marron reflétaient une parfaite incompréhension.

— Ah bon ? Bah pourquoi vous vouliez me voir alors ?

— Pour une mission top secrète, chuchota René avec une moue malicieuse.

Des étincelles pétillèrent dans les iris d'Hugo. Il reposa sa crêpe dans son assiette.

— Une mission top secrète comme dans *James Bond* ? demanda-t-il d'une voix émerveillée.

René, grand fan de l'agent 007 dont il possédait tous les films en DVD, avait initié son petit-fils à ce monument du cinéma et organisait avec lui des séances de visionnage presque chaque fois qu'il leur rendait visite.

— Oui mon bonhomme, comme dans *James Bond*. Papi et mamie doivent affronter un vilain promoteur immobilier qui veut leur gâcher la vie et nous avons besoin de ton aide pour déjouer ses plans.

Hugo fronça les sourcils.

— C'est quoi un promeneur immobilier ?

René s'esclaffa et ébouriffa les cheveux blonds du garçonnet.

— Un promoTeur, avec un T comme *tonnerre*. C'est un monsieur dont le métier est de construire des immeubles.

Le petit prit deux ou trois secondes pour assimiler l'information et en profita pour croquer dans sa crêpe.

— Moi, j'veux pas que le promoteur vous embête ! déclara-t-il d'un ton très sérieux. Pourquoi tu lui casses pas la gueule comme James Bond ?

Le vieil instituteur réprima un sourire. À la place, il fit les gros yeux.

— On ne dit pas « gueule », Hugo. C'est malpoli.

Il prenait grand soin de surveiller son vocabulaire devant ses petits-enfants. Pas la peine que tous ses descendants héritent de sa mauvaise habitude et jurent comme des charretiers.

— Pourquoi tu lui casses pas la figure ? insista l'enfant.

— Parce que dans la vie, il vaut mieux utiliser son cerveau que ses poings, mon petit. Et comme ton papi a un gros cerveau, il a imaginé un plan pour combattre le promoteur.

Hugo ouvrit de grands yeux admiratifs et son visage se fendit d'une oreille à l'autre d'un sourire émerveillé.

— Raconte, papi !

René lui détailla alors le stratagème qu'il avait élaboré et ce qu'il attendait de lui.

— C'est un super plan et c'est une super mission, constata le môme quand son grand-père eut terminé ses explications.

— Tu penses pouvoir y arriver ?

— Ouais, trop fastoche. Je pourrai raconter à maman ce soir comment j'ai été fort comme James Bond ?

— Oui mon grand, il ne faut jamais mentir à ses parents, tu peux tout lui dire.

Maud ne serait sûrement pas ravie d'apprendre le rôle qu'aurait joué son fils, mais Chantal et lui sauraient bien trouver les mots pour calmer sa colère.

René attrapa une crêpe qu'il enfourna dans sa bouche et se leva.

— Termine ton goûter et on y va, mon gars !

Le CRLG au grand complet avait tenu à assister à l'opération Licorne, ainsi que Françoise l'avait baptisée. Jacques et René avaient bien tenté de suggérer un nom plus viril, mais la vieille dame avait usé de son statut de doyenne du groupe pour imposer son idée. Selon elle, le cheval légendaire à une corne leur porterait chance, affirmation qui avait aussitôt convaincu Chantal.

Ils se retrouvèrent devant l'ancien domicile des Jambin, dont l'emplacement au bout d'une ruelle leur semblait le plus discret pour la tâche qui les attendait. Hugo, le héros du jour, fut d'abord célébré comme il se doit, chacun vantant son courage et sa témérité. Puis René raccorda les fusées au dispositif d'allumage à distance. Brancher les fils rouges, brancher les fils noirs. Son petit-fils l'observait, médusé. Papi était aussi fort que James Bond. Une fois la manipulation terminée, René lui remit la vingtaine de pétards reliés au boîtier de contrôle et lui expliqua où les placer. Après beaucoup d'hésitations, il avait finalement opté pour un renfoncement situé sous la terrasse, à l'arrière de la maison. Le gosse se faufila à travers un trou de la haie et courut jusqu'à l'emplacement désigné par son grand-père.

— Attention à ne pas débrancher les fils ! lui cria René.

— Tais-toi donc, tu vas nous faire repérer, le réprimanda Chantal, dont le cœur battait la chamade. Mon horoscope de ce matin m'annonçait une mauvaise surprise, je ne tiens pas à finir mes jours en prison.

— Qui veux-tu qui nous entende ? À part nous, le lotissement est désert, objecta René en levant les yeux au ciel.

Soudain, un bruit de moteur pétarada au loin. Les cinq retraités se figèrent. Le son s'amplifia. Pas de doute, quelqu'un approchait.

— Je crois qu'on va avoir de la visite, annonça Jacques avec calme.

Françoise porta ses mains à son visage.

— Il faut filer d'ici avant de se faire surprendre.

Chantal poussa un gémissement lugubre et joignit ses paumes l'une contre l'autre.

— Mon Dieu, c'est sûrement la police, ils vont nous arrêter. Je le savais ! J'aurais dû écouter mon horoscope et ne pas sortir de chez moi ! Jésus, Marie, Joseph, ayez pitié de nous, pauvres pêcheurs…

— Ça suffit ! trancha René avec un large geste des bras. Personne ne va aller en taule, alors on se calme. Dispersez-vous, moi je reste avec le petit.

Il se retourna vers la haie et interpella son petit-fils.

— Hugo, tu as bientôt terminé ?

— Presque, papi, mais j'ai du mal à faire tenir les pétards, ils arrêtent pas de glisser.

Au bout de la rue, le ronronnement du moteur devenait de plus en plus bruyant. René constata que ses voisins n'avaient pas bougé et restaient plantés là, mines angoissées, doigts se tordant sous le stress, respirations saccadées.

— Mais qu'est-ce que vous attendez pour ficher le camp ?! s'énerva l'ancien instituteur.

Il agita son bras pour les chasser, telle une vache balayant les mouches d'un coup de queue. Nicole, le visage blême, secoua la tête.

— Hors de question de vous abandonner, toi et Hugo. Je reste.

— Moi aussi, décréta Françoise en relevant le menton. Le Comité de résistance du lotissement des Genêts n'abandonne jamais l'un des siens. Nous tomberons ensemble, camarade.

— Pareil, renchérit Jacques, bras croisés sur sa poitrine.

Chantal souffla.

— Évidemment, je reste aussi.

René pinça les lèvres pour masquer un sourire naissant.

— Mais qui m'a foutu dans les pattes une bande d'énergumènes aussi bornés ? maugréa-t-il d'un ton plus enjoué qu'irrité. Bon, Jacques, va voir à qui appartient cette bagnole et essaye de gagner du temps.

— Bien reçu, colonel ! s'esclaffa l'intéressé en portant la main à son front pour mimer un salut militaire, avant de s'éloigner au pas de course vers l'extrémité de la ruelle.

Cette plaisanterie eut le mérite de détendre l'atmosphère et Nicole laissa échapper un léger gloussement.

— Alors Hugo, tu t'en sors ?

Seul le silence répondit à la question de René. Cinq secondes s'écoulèrent. Le vieil homme sentit l'adrénaline pulser dans ses veines. Pourquoi son petit-fils ne réagissait-il pas ? Lui serait-il arrivé quelque chose ?

— Hugo ? Tout va bien, mon chéri ? insista Chantal, soudain inquiète elle aussi du mutisme de l'enfant.

Nicole devina son trouble et lui posa une main rassurante sur l'épaule. En réalité, elle n'en menait pas large. Son cœur résonnait si fort dans sa poitrine qu'elle l'entendait battre dans ses tempes. Pam pam,

pam pam, pam pam. Le rythme était bien trop rapide, pas sûr que son médecin apprécierait la musique.

— Tant pis, j'y vais, lança René.

Il se baissa avec difficulté pour tenter de se glisser par le trou emprunté plus tôt par son petit-fils. Sans surprise, il ne passa guère plus que sa grosse tête ronde et resta bloqué au niveau des épaules.

— Bordel de couille en gelée ! jura-t-il entre ses dents serrées. Hugo, qu'est-ce que tu fabriques, bon sang ?

Cette fois, il était réellement mort d'inquiétude et envisagea d'utiliser sa débroussailleuse pour ouvrir un chemin dans la haie. Il tendit la main à Chantal pour qu'elle l'aide à se relever, ses vieux genoux ne goûtant guère la position accroupie.

— J'arrive, papi ! déclara la voix fluette d'Hugo derrière les branchages.

René ne chercha pas à masquer un énorme soupir de soulagement et l'angoisse qui lui compressait la poitrine se desserra enfin, laissant l'air pénétrer à nouveau ses poumons.

Au loin, un bruit de conversation leur signala que Jacques avait dû intercepter l'intrus. Arriverait-il à le retenir assez longtemps ?

— Dépêche-toi, mon chéri, croassa Chantal en pressant ses paumes moites l'une contre l'autre.

Deux silhouettes se profilèrent au bout de l'allée. Nicole, prise d'une impulsion subite, se baissa et ramassa quelques pâquerettes sur le bas-côté.

Françoise la dévisagea comme si elle venait d'être atteinte d'une forme de démence sénile foudroyante. Nicole lui adressa un clin d'œil, mais loin de la rassurer, la mimique ne fit que renforcer la crainte de son amie : elle avait définitivement perdu la boule.

— J'ai réussi !

Hugo émergea de la haie avec la mine victorieuse d'un médaillé olympique. Sa grand-mère le serra dans ses bras en le félicitant tandis que son grand-père, ravalant une larme de fierté (à moins que ce ne soit de soulagement), ôtait les feuilles prises dans sa chevelure blonde.

— Salut la compagnie !

Jacques s'avançait vers eux, accompagné d'un jeune gendarme aux joues piquées d'acné.

— J'ai croisé monsieur en rentrant chez moi et comme il vous cherchait, je me suis proposé pour le mener à vous.

L'air solennel, l'agent inclina la tête et les salua d'un « Messieurs-dames ». Chantal vira au cramoisi et adressa une prière muette à la sainte Vierge, Françoise fixa ses pieds comme un enfant pris en faute, regrettant de ne pas avoir sa chère pipe pour se donner une contenance. Seule Nicole semblait inconsciente du drame qui se jouait et arrangeait son bouquet de fleurs. René décida d'intervenir avant que son épouse ne confesse une vie entière de menus péchés au représentant de l'ordre.

— Que nous vaut le plaisir de votre visite ? Rien de grave au moins ?

— Le propriétaire des lieux nous a signalé un acte de vandalisme dans le quartier. Je suis venu m'assurer qu'il n'y avait pas de problème. Pourriez-vous décliner votre identité, je vous prie ?

Le vieil instituteur fronça les sourcils.

— Quel propriétaire des lieux ?

— Eh bien monsieur Chamart, expliqua le flic d'un ton plus hésitant.

René sentit la moutarde lui monter au nez.

— Je ne sais pas ce que cette fiente de pigeon vous a raconté, mais il n'est pas propriétaire des lieux. Il détient cinq maisons dans le lotissement et mes amis et moi possédons les cinq autres.

Le jeune gendarme remit son képi en place.

— Eh bien, je, hum, il n'est pas rentré dans ce niveau-là de détails. Mais peu importe. Je dois m'assurer qu'il n'y a pas de rôdeurs. Pourquoi vous trouvez-vous rassemblés ici ?

L'homme arborait maintenant le ton soupçonneux propre à son corps de métier. Chantal sentit son sang quitter ses veines. Le flic allait les embarquer. Nicole s'avança soudain en brandissant ses pâquerettes.

— Nous faisions une petite balade en ramassant des fleurs. Vous savez ce qu'on dit, qui veut voyager loin cueille des marguerites. Vous en voulez une ?

Elle agita son bouquet sous le nez du gendarme qui recula d'un pas.

— Hum, ça ira, merci. Monsieur Chamart nous a signalé que des petits malins se sont amusés à lâcher des chèvres. Vous n'êtes pas au courant ?

— Ah oui ? intervient Jacques. Des chèvres, ici ? Vous m'étonnez beaucoup, pour ma part, je n'ai rien entendu.

Le reste du CRLG s'empressa de conforter le mensonge.

— Je ne comprends vraiment pas de quoi vous parlez, monsieur l'agent, affirma Nicole. Vous voyez bien qu'il n'y a pas de chèvres ici.

— Non, en effet, mais monsieur Chamart dit qu'elles ont ensuite disparu.

René éclata de rire.

— Allons, vous ne gobez quand même pas ces conneries ? Vous me semblez un gars intelligent. Comment voulez-vous que des chèvres apparaissent et disparaissent comme ça, par magie ? Si vous voulez mon avis, ce Chamart doit abuser de la bouteille. J'ai toujours trouvé qu'il avait un faciès d'alcoolique. Vous n'avez pas remarqué son gros nez rouge et bouffi ?

Le gendarme remit une nouvelle fois son couvre-chef en place, mal à l'aise.

— Eh bien, hum, je ne sais pas, peut-être. Donc vous n'avez rien vu ?

— Rien de rien, monsieur l'agent, déclara Françoise. Parole d'octogénaire. Vous savez que vous me rappelez mon petit-fils ? Il est un peu plus jeune que vous bien sûr, il a quinze ans. Mais il a beaucoup de prestance, tout comme vous. Cet uniforme vous sied à ravir. Je peux toucher ?

Elle tendit le bras et l'agent recula d'un bond, effrayé par cette bande de vieux gâteux. Ce lotissement était un véritable asile de fous.

— Je, hum, non, je ne préfère pas, déclara-t-il en tâchant de conserver un minimum d'autorité.

— Vous pourrez dire à ce cher Chamart que le quartier est calme, tenta Jacques dans l'espoir de voir déguerpir l'importun.

Le flic se gratta la joue et inspecta les alentours du regard.

— En effet, je suppose que je peux rentrer.

Ils patientèrent jusqu'à ce que le bruit du moteur leur confirme que le gendarme avait bel et bien décampé, avant de s'attaquer aux quatre pavillons restants. Mais cette fois, Jacques se proposa pour faire le guet à l'entrée du lotissement, afin de les avertir s'ils avaient de la visite. Ce ne fut heureusement pas nécessaire et Hugo put mener à bien sa mission sans difficulté.

Le groupe se sépara dans la bonne humeur, ravi du succès de l'opération Licorne et impatient de découvrir la réaction des ouvriers le lundi matin.

9

« Ces garnements méritent une leçon. »

Le lendemain après-midi, Nicole était plongée dans la confection d'un napperon en crochet quand la sonnette retentit. Elle reposa son ouvrage sur la table basse et se dépêcha d'aller ouvrir, curieuse de savoir qui pouvait bien lui rendre visite un dimanche. Elle n'attendait personne. Elle avait déjeuné avec Marion deux jours plus tôt, le CRLG n'avait pas prévu de nouvelle réunion avant lundi matin et le facteur ne travaillait pas. Qui cela pouvait-il bien être ?

— J'arrive, j'arrive, claironna-t-elle comme à son habitude, afin que son visiteur mystère ne prenne pas la fuite avant qu'elle n'atteigne la porte.

Elle découvrit Françoise sur le seuil, mine hagarde, manteau mal boutonné, yeux embués de larmes et mise en plis en berne. Pas de doute, quelque chose clochait. Nicole craignit aussitôt qu'un malheur ne soit arrivé. Elle attrapa le bras de son amie et la fit entrer.

— Mais qu'est-ce qui t'arrive ? lui demanda-t-elle, la voix chargée d'inquiétude.

Les mains de l'octogénaire tremblaient tant que Nicole dut l'aider à enlever son manteau.

— C'est affreux, balbutia Françoise. Affreux, affreux, affreux.

Bien qu'impatiente de connaître la raison de son désarroi, Nicole comprit qu'elle ne tirerait rien de sa voisine tant qu'elle n'aurait pas retrouvé son calme. Elle la guida donc jusqu'au salon, l'installa sur le canapé et s'éclipsa dans la cuisine pour leur préparer une infusion. Enfant, quand elle était agitée, sa mère avait coutume de lui préparer une tisane de camomille. Nicole avait conservé cette tradition avec Valérie et Marion. Elle allait maintenant administrer ce remède à Françoise. Lorsqu'elle revint au salon avec son plateau, Françoise se trouvait toujours dans un état second, alternant profond abattement et extrême nervosité entrecoupée de sanglots. Nicole déposa un grand mug de camomille devant son amie.

— Bois, ça va te faire du bien.

La vieille dame obtempéra et trempa ses lèvres dans le liquide jaune. Le breuvage amer paru l'apaiser et ses reniflements s'espacèrent progressivement. Nicole patienta jusqu'à ce qu'elle ait avalé la moitié de sa tasse, puis, n'y tenant plus, lui posa la question qui la taraudait.

— Que s'est-il passé ?

Françoise reposa son mug. Ses mains tremblaient moins, la crise semblait terminée.

— Ce sont mes enfants.

Nicole blêmit, imaginant le pire.

— Il leur est arrivé quelque chose ?

— Non, non, ils vont bien. Ce n'est pas ça.

— Alors quoi ? la pressa Nicole.

Françoise se tordit les doigts, l'air malheureux.

— Ils veulent m'envoyer en maison de retraite.

Elle baissa le nez et fixa ses pieds, presque honteuse de son annonce. Nicole secoua la tête, interdite.

— Quoi ? Mais pourquoi ?

— Ils s'inquiètent pour moi, soupira sa voisine. Depuis que je me suis fracturé le tibia, ils craignent que je fasse une autre mauvaise chute. C'est vrai que je me déplace moins facilement, mais quand même, je ne suis pas impotente !

La colère perçait maintenant dans sa voix. Nicole resservit une tasse de tisane à son amie.

— Tu ne peux pas refuser ?

— Ce n'est pas si simple, souffla Françoise. Ils sont tous les trois d'accord. Même Émilie, ma petite dernière. J'aurais pensé qu'elle tiendrait tête à ses frères, qu'elle se battrait pour moi. Mais non, elle aussi prétend que c'est pour mon bien.

— Mais tu n'es pas obligée de leur obéir, insista Nicole d'un ton rebelle.

— Sauf que je n'ai pas les moyens de conserver la maison sans leur aide. Je n'ai que la pension de réversion de Maurice pour vivre. Ce n'est pas suffisant pour payer les factures. Alors tous les mois, les enfants me font un virement. S'ils me coupent les vivres, je serai de toute façon obligée de vendre.

Un lourd soupir souleva sa poitrine.

— Non, je n'ai pas le choix, je vais devoir me plier à leur avis. Mais cela me fend le cœur de quitter mon chez-moi. Et mes amis.

De nouveau, les larmes affluèrent. Nicole serra les poings. Elle ne comprenait que trop bien ce que ressentait l'octogénaire, elle dont la fille avait émis la même idée quelques jours auparavant. De quel droit leur progéniture se permettait-elle de décider à leur place ? Ils étaient vieux, certes, mais pas séniles.

— On va résister, ma Françoise. Le CRLG ne laissera personne enfermer un de ses membres en maison de retraite.

Un pauvre sourire éclaira son visage.

— C'est gentil, cela me fait au chaud au cœur que tu me soutiennes comme ça. Mais je ne vois pas comment je pourrai les faire changer d'avis.

Les neurones de Nicole carburaient à plein régime. Une idée, il lui fallait une idée. Elle se leva et alla se poster derrière la baie vitrée. La vision de la campagne apaisait son esprit. Le cerisier agitait sa parure de fleurs blanches et un gros merle sifflotait, perché sur l'une des branches.

— J'ai trouvé ! s'exclama soudain Nicole.

Elle retourna s'asseoir et se laissa tomber dans le canapé, heurtant au passage la table basse. Les tasses s'entrechoquèrent, mais elle n'y prêta guère attention, trop excitée par le plan qu'elle venait d'imaginer.

— On va simuler ta disparition, expliqua-t-elle d'un ton si rapide que les mots se bousculaient dans sa bouche. Tes enfants seront morts d'inquiétude, mais tellement soulagés lorsque tu réapparaîtras qu'ils n'oseront plus te contrarier.

Françoise rit gentiment, creusant de larges sillons sur ses joues fripées.

— C'est encore plus fou que les idées de René. J'apprécie le mal que tu te donnes, mais je ne peux pas faire ça à mes enfants.

— Et pourquoi pas ? objecta Nicole sans perdre son entrain. Il ne faut pas pousser mémé dans la maison de retraite. Et aux grands maux, les grands remèdes de grand-mère ! Les proverbes ne mentent jamais. Tu dois te battre.

Sa voisine se mordilla les lèvres, pesant le pour et le contre.

— Je ne sais pas trop, avoua-t-elle enfin. Je n'ai pas envie de leur faire de la peine.

— Si je peux me permettre, ils ne se sont guère souciés de ta peine à toi, lorsqu'ils t'ont annoncé qu'ils allaient te placer en maison de retraite. Ces garnements méritent une leçon. Et puis, tu pourras leur laisser une lettre expliquant que tu vas bien, mais que tu as préféré disparaître plutôt que moisir dans une résidence pour personnes âgées.

Françoise sortit sa pipe et son tabac de la poche de son gilet.

— Je peux fumer ? Cela m'aide à réfléchir.

Nicole n'était pas fan de l'odeur que dégageait le hobby de son amie, mais au regard des circonstances, elle n'eut pas le cœur de refuser. Elle ouvrit néanmoins la fenêtre pour évacuer au plus vite la fumée odorante.

Françoise déposa de petites pincées de tabac au fond de sa pipe, écrasa le tout avec un tasse-braise et approcha la flamme de son briquet du foyer. Le tuyau au coin des lèvres, elle inspira une large bouffée avant de souffler un nuage de fumée dans un soupir satisfait. La scène rappela à Nicole le héros de bande dessinée de son enfance, Popeye le marin.

— Comment t'y prendras-tu pour faire croire à ma disparition ? demanda Françoise entre deux exhalaisons.

— Tu rempliras une valise de vêtements et de toutes les choses importantes pour toi, argent, chéquiers, photos, bijoux… Et tu viendras te cacher chez moi. Lorsque tes enfants réaliseront que tu ne réponds plus ni au téléphone, ni à la sonnette de ton domicile, ils vont paniquer. Nous planquerons ta voiture dans le garage de René, il est assez spacieux pour contenir deux véhicules. Ta famille préviendra les flics et tout ce petit monde inspectera ta maison. Je suppose que tes enfants ont un double des clés ?

Françoise acquiesça.

— Parfait, ils pourront donc constater que les lieux sont vides et que tu as mis les voiles de ton plein gré. Ils trouveront aussi le mot que tu auras pris soin de leur laisser pour expliquer les raisons de ton départ.

L'octogénaire médita quelques secondes ces informations, en tirant pensivement sur sa pipe.

— Jusque-là, cela me paraît réalisable, déclara-t-elle en hochant la tête. Cela pourrait fonctionner. Mais sans vouloir te froisser, je n'ai pas très envie de loger chez toi, je tiens à ma tranquillité. Sans compter que ta chambre d'amis se trouve à l'étage, avec ma patte folle, je ne pourrai jamais grimper l'escalier tous les jours.

Nicole laissa fuser un rire gai.

— Je ne comptais pas vivre en colocation avec toi, rassure-toi. Dès que tes enfants et les flics auront mis les voiles, tu réintégreras ton domicile.

— D'accord, mais s'ils reviennent à l'improviste ?

— C'est peu probable, ils n'habitent pas la porte à côté. Et je leur proposerai de les prévenir si je remarque quoi que ce soit d'anormal.

— Et s'ils reviennent quand même ? insista Françoise, pas convaincue par les arguments de son amie.

Nicole se tapota la lèvre du bout de l'index en fixant le plafond.

— Laisse-moi réfléchir… Il faudrait qu'on soit capables de repérer leur arrivée assez tôt pour que tu puisses t'esquiver par la porte de derrière et rejoindre mon domicile. En passant par les jardins, tu seras invisible de la rue. Tu resteras cachée chez moi jusqu'à ce qu'ils repartent.

— C'est une bonne idée. Mais comment savoir qu'ils arrivent ?

Nicole soupira.

— Là, j'avoue, je sèche. La nuit porte conseil. Nous débattrons de la question demain lors de la réunion exceptionnelle du CRLG. Plus on est de fous, plus on réfléchit.

10

« Cela leur apprendra à vouloir jeter leur vieille mère en maison de retraite. »

Nicole appuya sur le bouton de la cafetière pour la mettre en marche. Il était sept heures trente, les autres n'allaient plus tarder. Elle avait confectionné quelques douceurs pour accompagner ce café matinal. Cannelés, muffins et cookies étaient déjà disposés dans de jolies assiettes sur la table de salle à manger. Elle arrangea le napperon qui recouvrait le guéridon, donna un dernier coup d'éponge sur la toile cirée pour récupérer quelques miettes égarées et sortit soucoupes et tasses du vaisselier. Sans oublier le sucrier, puisque René, malgré son diabète et les remontrances de son épouse, persistait à ajouter un sucre à ses boissons chaudes.

Un coup de sonnette retentit et elle se dépêcha d'ôter son tablier pour aller accueillir ses invités.

Les membres du Comité de résistance du lotissement des Genêts se montraient toujours ponctuels. La vieillesse avait ceci d'agaçant qu'elle limitait les distractions. Moins d'énergie, moins de loisirs, moins d'amis. Alors le moindre événement rompant la routine était attendu avec l'impatience que l'on réserve aux grandes occasions. Pas question d'être en retard ! Nicole trouva donc sur le pas de sa porte ses quatre voisins, l'air aussi excité que des gamins devant le marchand de glaces. Même Jacques avait fait le déplacement. Elle avait bataillé pour le convaincre de se joindre à eux, car comme à son habitude, le vieil homme solitaire avait argué d'un contretemps pour décliner l'invitation. Mais ces temps-ci, il semblait plus enclin à participer au combat contre Belfroi Immobilier et avait fini par céder face à l'insistance de Nicole.

Elle convia tout ce petit monde à prendre place dans la salle à manger et servit le café. Les ouvriers n'arrivant jamais avant huit heures trente, ils disposaient d'un peu de temps pour savourer leur encas. Nicole en profita pour amener le sujet qui l'avait tenue éveillée une partie de la nuit.

— Les amis, Françoise a besoin de votre aide, annonça-t-elle d'un ton grave.

Trois paires d'yeux se braquèrent sur elle avant de pivoter vers la doyenne du groupe.

— Qu'est-ce qui t'arrive, ma Françoise ? demanda Chantal en écarquillant les paupières. C'est vrai que tu n'as pas l'air dans ton assiette, tu es toute pâlotte. Ce n'est pas courant, pour un Scorpion.

D'une voix frêle, l'octogénaire leur raconta la visite de ses enfants, la menace de la maison de retraite et le plan échafaudé par Nicole.

— Bordel de pompe à merde à vapeur ! beugla René en abattant son poing sur la table. De quel droit ces petits cons osent-ils se comporter comme ça ?

Une grosse veine se mit à palpiter sur son cou. Il passa un doigt sous l'encolure de sa chemise pour détendre le tissu et, se sentant toujours oppressé, défit le bouton du haut. Il regretta d'avoir opté ce matin pour son complet en velours côtelé bleu, celui des jours de grand moral, alors que ce lundi était définitivement une journée à porter du marron.

— Du calme, chéri, intervint son épouse, pense à ta tension.

Elle lui tapota l'avant-bras comme pour le réconforter.

— Chantal a raison, ajouta Nicole. Cela ne sert à rien de s'emporter. Comme dit le proverbe, la colère est l'ennemie du bien. Essayons plutôt de travailler notre stratégie. Ainsi que vous l'aurez compris, notre plan consiste à simuler la disparition de Françoise. Il y a malheureusement un écueil. Si ses enfants débarquent à l'improviste, il faut qu'elle ait le temps de filer en douce pour venir se cacher chez moi. Sinon, c'est la fin des petits pois. Et j'ai eu beau y réfléchir à m'en déclencher une migraine, je sèche…

Elle grimaça, contrariée d'avouer son échec. René, dont l'appétit ne se laissait jamais abattre, croqua dans un cookie et proposa, la bouche pleine :

— On pourrait changer toutes les serrures, comme ça, ils ne pourraient pas rentrer dans la maison.

— Je te rappelle qu'elle sera supposée avoir quitté les lieux, objecta Chantal. Tu connais beaucoup de disparus qui font intervenir des serruriers après leur départ ?

— Bah évidemment, si tu cherches la petite bête, pesta René en croquant avec défi dans un cannelé dont la saveur sucrée ne manquerait pas de faire hurler à la mort sa glycémie.

Sa femme leva les yeux au ciel et se mordit la langue pour ne pas le houspiller. Madame Irma, l'astrologue de radio Perclin, avait conseillé aux Verseaux de garder leur calme aujourd'hui. Mieux valait obtempérer afin de ne pas contrarier les astres.

— J'ai peut-être une idée.

La phrase émanait de Jacques. L'homme était un taiseux, Nicole l'avait bien compris. Il s'exprimait peu, préférant écouter les autres. « La parole est d'argent, mais le silence coûte tout l'or du monde », voilà un proverbe qui le résumait bien, songea la vieille dame. Mais quand il fallait agir, on pouvait compter sur lui, comme il l'avait prouvé la veille en partant seul affronter l'intrus qui avait perturbé l'opération Licorne. Aussi la septuagénaire était-elle curieuse d'entendre ce qu'il avait à dire. Elle l'encouragea :

— Enfin une bonne nouvelle. Nous sommes tout ouïe, Jacques.

— Je pense qu'installer un détecteur périmétrique sur la clôture résoudrait notre problème.

Trois secondes s'écoulèrent. Quatre visages intrigués le contemplaient.

— Vous ne savez pas ce qu'est un détecteur périmétrique, constata Jacques d'un ton mi-amusé, mi-perplexe.

— Je n'en ai pas la moindre foutue idée, confirma René.

Le coin de la lèvre de Jacques remonta imperceptiblement. Le langage fleuri de son voisin l'amusait plus qu'il ne l'aurait cru. Tout comme le reste du groupe. Ce quatuor loufoque s'avérait aussi attachant qu'amusant et il regrettait de devoir conserver ses distances.

— Un détecteur périmétrique est une alarme qui surveille les intrusions sur un périmètre défini, comme une ouverture de porte ou de fenêtre. On peut le positionner sur des clôtures, des grillages, des portails… En cas de déclenchement, une sonnerie retentit sur le récepteur situé à l'intérieur de la maison.

— Dis donc, tu es vachement calé, observa René d'un ton admiratif. D'où tu connais tout ça ?

Jacques passa une main dans ses cheveux blancs et détourna le regard.

— J'habitais dans un quartier mal fréquenté avant d'emménager ici, alors je m'étais documenté sur les dispositifs de télésurveillance. Bref, que pensez-vous de mon idée ?

Nicole resservit une tasse de café à tout le monde. Ce serait sûrement la dernière, car les ouvriers n'allaient plus tarder.

— Je trouve que c'est un plan épatant, s'enthousiasma-t-elle en reposant la cafetière en porcelaine sur la toile cirée.

Jacques se tourna vers l'intéressée et l'interrogea.

— Et vous, Françoise, qu'en dites-vous ?

L'octogénaire joua avec son alliance, une jolie bague en or blanc gravée de son prénom et de celui de feu son mari. Son visage déjà ridé se fripa encore plus.

— Hum, je ne voudrais pas jouer les trouble-fêtes, mais je me demande si j'aurai assez de temps pour m'échapper. Je me déplace lentement vous savez, et pour sortir en catimini, je dois descendre au sous-sol et emprunter la porte du garage. Ne pourrait-on pas trouver un moyen de ralentir un peu mes enfants ?

Nicole frotta du doigt une tache sur la nappe, qui avait réchappé à son ménage matinal.

— Finalement, l'idée de René n'était peut-être pas si mauvaise, remarqua-t-elle.

Les sourcils de l'intéressé remontèrent sur son front dégarni.

— Péter les genoux de Chamart, tu veux dire ?

— Mais non, pas celle-là, gloussa Nicole. Tu avais suggéré de changer les serrures. C'est vrai que cela paraîtrait louche, que Françoise change toutes ses serrures juste au moment où elle disparaît. En revanche, ajouter un nouveau verrou, c'est plus crédible. Surtout dans une zone en travaux, avec de moins de moins de voisins et dans laquelle la gendarmerie a signalé des rôdeurs.

— Pas bête, remarqua Françoise avec un hochement de tête approbateur. Mes enfants seraient obligés de déverrouiller trois serrures avant d'entrer, puisque ma porte en comporte déjà deux. Cela me donnerait un peu de temps pour filer.

René claqua des doigts, l'air ravi, et pointa l'index vers l'octogénaire.

— Surtout si on choisit un verrou similaire aux premiers. Les clés se ressembleront tellement qu'ils auront toutes les chances de les confondre !

Françoise rit, masquant sa bouche derrière sa main.

— J'aime beaucoup ce plan. Mes enfants vont s'arracher les cheveux. Cela leur apprendra à vouloir jeter leur vieille mère en maison de retraite.

— Tant va la cruche à l'eau qu'elle fait déborder le vase ! conclut Nicole. Et rira bien qui disparaîtra le premier. Je déclare ce plan adjugé. Maintenant, il est temps de monter à l'étage pour surveiller l'arrivée des ouvriers.

11

« Ils sont cinglés dans ce bled. »

Comme la fois précédente, le groupe prit place dans l'ancienne chambre de Marion, qui offrait un large panorama sur le lotissement. D'ici, impossible de rater l'apparition des employés de Belfroi Immobilier. Afin de rendre l'attente plus confortable, Nicole avait installé dans la pièce cinq fauteuils pliants, ceux qu'elle utilisait jadis avec Michel quand ils partaient en vacances avec leur caravane. Leur tissu à fleurs, parsemé çà et là de taches de moisi, était défraîchi, mais ils se dépliaient encore très bien.

Pour passer le temps, les cinq aïeuls discutèrent de leur émission de télé favorite, *Tout un programme*, diffusée le dimanche et présentée par leur animatrice chouchoute, Sandrine Denis. Le sujet de la veille portait sur l'utilisation de la méditation comme moyen de soulager les douleurs chroniques. Le thème avait passionné Nicole, qui espérait pouvoir vaincre les désagréments de son arthrose à l'aide de cette technique. René, pour sa part, estimait que tout ça n'était qu'un vaste ramassis de conneries pour les gens trop crédules, opinion qui rendait Chantal furieuse.

— Pourquoi faut-il toujours que tu discrédites les choses que tu ne connais pas ? C'est comme l'astrologie ou la voyance. Tu n'as jamais essayé et pourtant tu critiques.

Son mari tordit les lèvres en une grimace méprisante.

— Pfff, comme si une vieille bonne femme pouvait lire ton avenir dans une boule de cristal. Et pourquoi pas dans les entrailles d'un poulet tant qu'on y est ? Ou de la crotte de chien ?

Chantal ouvrit la bouche pour protester, mais Nicole lui intima le silence d'un geste de la main.

— Chut ! Écoutez !

Plus personne ne pipa mot, l'oreille aux aguets. Pas de doutes, des véhicules approchaient. Ils s'éjectèrent de leurs sièges aussi vite que leurs vieux os le permettaient et se massèrent derrière les carreaux. À l'abri des rideaux en dentelle, ils observèrent cinq hommes descendre d'une fourgonnette et d'une voiture. Nicole reconnut parmi eux celui qui avait failli se faire charger par Raoul le bouc la semaine dernière.

— Tu es prêt, René ? chuchota-t-elle, comme si les ouvriers risquaient de l'entendre.

Sa tension venait de grimper d'un cran et une bouffée d'adrénaline électrisa son corps. Si leur plan échouait, ils perdraient une bataille décisive contre Belfroi Immobilier. Plus les travaux avanceraient, plus leur existence deviendrait difficile, plus la maison de retraite se rapprocherait. Et ça, elle ne pouvait pas le supporter.

— Paré, répondit l'ancien instituteur en agitant un boîtier, semblable aux télécommandes qu'utilisaient les enfants pour téléguider leurs petites voitures.

Aujourd'hui, il portait un costume qu'il ne sortait guère du placard. Toujours en velours côtelé, sa matière favorite, il affichait un violet sombre tirant sur le bordeaux. Une couleur rare réservée aux grandes occasions. La dernière fois qu'il l'avait revêtu, c'était le jour de la victoire de l'équipe de France en Coupe du monde de football. Même s'il préférerait se faire arracher un rein plutôt que l'avouer à Chantal, il espérait que le vêtement attirerait la chance. Leur plan devait réussir et tout reposait sur lui !

Derrière lui, Françoise avait l'impression de manquer d'oxygène tant elle était stressée. Les émotions fortes, ce n'était plus de son âge. Depuis que ses enfants avaient décidé de la placer en maison de retraite, elle était encore plus déterminée à conserver son pavillon. Elle préférait ne même pas penser à ce qu'il adviendrait si leur plan ratait.

Chantal gérait les choses différemment. Par la colère. Colère contre son mari, qui avait refusé ce matin d'emporter la patte de lapin qu'elle lui avait préparée pour l'occasion. Colère contre cet agent immobilier de malheur qui menaçait leur mode de vie. Colère contre elle-même de se sentir aussi impuissante. Elle serra les poings et adressa une prière muette à son ange gardien. *Faites que notre plan réussisse...*

Jacques s'efforçait de conserver son flegme habituel. Pourtant, l'inquiétude le taraudait. Il ne pouvait pas se permettre de déménager une nouvelle fois, de mettre en place de nouvelles mesures de sécurité, d'attirer à nouveau l'attention sur lui. Non, il ne pouvait pas se permettre de quitter ce lotissement. Il ne pouvait pas se permettre que ce plan échoue.

Quelques mètres plus bas, inconscients du stress que leur arrivée avait provoqué, les ouvriers sortirent leur matériel de la fourgonnette et se dirigèrent vers la maison la plus proche, celle ayant précédemment appartenu aux Jambin. Ravis de constater que le jardin était vierge de toute trace de chèvres, bouc ou autre animal belliqueux, ils pénétrèrent dans la propriété. Ils allaient enfin pouvoir préparer le chantier pour la démolition. D'ici deux jours, les grues et les bulldozers pourraient intervenir pour abattre les bâtiments.

— Et c'est parti mon kiki, déclara René en appuyant sur le gros bouton rouge de sa télécommande.

Les ouvriers n'avaient pas fait trois pas que la première détonation retentit, suivie aussitôt par une deuxième, puis une troisième.

— Putain, c'est quoi ce bordel ? s'écria l'un d'eux.

— Merde, on nous tire dessus !

Bientôt, les déflagrations résonnèrent de partout. Cela canardait même depuis les pavillons.

— Mais ils sont cinglés dans ce bled !

Ils lâchèrent leurs outils et, s'abritant comme ils le pouvaient avec leurs bras, détalèrent plus vite que des sprinteurs olympiques vers leurs véhicules. Ils démarrèrent en trombe, leurs pneus envoyant gicler des gravillons tout autour.

Au premier étage, l'ambiance battait son plein. Cris de joie, accolades, éclats de rire et bonne humeur générale. Le Comité de résistance du lotissement des Genêts exultait.

— Mon René, t'es un champion, déclara Nicole en claquant une bise sonore sur la joue de l'ancien instituteur.

Françoise, dont les bouclettes mauves avaient profité de l'agitation pour reprendre leur liberté, renchérit :

— Je dirais même plus, un génie !

Même Chantal s'était laissée gagner par l'atmosphère joyeuse. Fini la colère, l'heure était à la fête.

— Chéri, pour la peine, tu auras droit à un double whisky à l'apéritif ! annonça-t-elle d'un ton enjoué.

— Ah bah voilà la meilleure nouvelle de la journée, se réjouit son mari, un sourire de chérubin sur son visage joufflu.

Jacques fut le premier à retrouver son sérieux.

— Sans vouloir jouer les rabat-joie, je pense qu'il serait préférable que l'on regagne nos domiciles respectifs. À l'heure qu'il est, les ouvriers ont dû alerter la gendarmerie, les flics ne vont pas tarder à se pointer.

Cette vérité agit comme une douche froide sur le groupe. Un silence lourd s'abattit sur la pièce.

— Merde, j'avais oublié ce foutu détail, grommela René, inquiet que cette mauvaise nouvelle assombrisse le moral de sa femme et qu'en conséquence la récompense promise lui échappe.

— Vous vous rappelez tous quoi faire si les gendarmes nous interrogent ? demanda Jacques.

Chantal roula des yeux.

— Évidemment, on n'est pas gâteux.

René lâcha un léger soupir. L'humeur de son épouse virait au gris, c'était mal barré pour son double whisky.

— Bon, allez les amis, haut les cœurs ! déclama Nicole en tapant dans ses mains. N'oubliez pas ce que dit le proverbe : « Après la pluie, le bonheur. » On se retrouve chez moi à l'heure de l'apéro ce soir pour faire le point sur la situation.

12

« Attendez-moi là, je vais chercher mes skis. »

Cinq gendarmes débarquèrent quinze minutes plus tard, armés jusqu'aux dents. Pistolet au poing, ils déambulèrent dans le lotissement, inspectèrent les jardins, pénétrèrent dans les pavillons rachetés par Belfroi Immobilier, à la recherche des tireurs signalés par les ouvriers.

Dissimulés derrière leurs rideaux, les membres du CRLG observaient cette action militaire digne d'un film policier. Évidemment, les flics ne trouvèrent personne à interpeller. Ils ne remarquèrent pas non plus les pétards qui, grâce à l'ingéniosité de René, avaient été cachés dans des endroits assez discrets pour ne pas être repérés.

Comme prévu, leur fouille n'ayant rien donné, les forces de l'ordre entreprirent d'interroger les habitants du lotissement. La mission fut confiée au brigadier Lévèque et à l'adjoint de seconde classe Rodriguez. Le reste de la brigade regagna la gendarmerie. Les deux hommes sonnèrent à la première porte, un pavillon à la pelouse garnie de charmants nains en céramique, qui batifolaient autour d'un petit âne en pierre gris. Une allée gravillonnée bordée de massifs de fleurs serpentait jusqu'au paillasson annonçant « J'espère que tu as pensé au vin ». René répondit au premier coup de sonnette. Melchior, le chartreux, en profita pour lui filer entre les jambes, trop heureux de pouvoir se dégourdir les pattes et pourchasser quelques souris.

— Bonjour monsieur, gendarmerie nationale. On nous a signalé des coups de feu dans le quartier. Avez-vous vu ou entendu quelque chose ?

L'ancien instituteur porta la main à son oreille et répondit d'une voix trop forte.

— Qu'est-ce que vous dites ? Excusez-moi, je suis un peu sourd.

Le policier répéta sa question en articulant exagérément les mots et en hurlant presque.

— Des coups de feu ? dit René en écho, avec un volume sonore toujours bien trop élevé.

Il gratta son crâne dégarni, ébouriffant au passage quelques mèches filasses.

— Ma foi, non, je n'ai rien entendu. Attendez, je demande à ma femme.

Il se retourna et s'époumona dans le couloir.

— Bichette, tu as entendu des coups de feu, toi ?

Chantal, tablier autour de la taille et louche à la main, le rejoignit.

— Des coups de feu, qu'est-ce que c'est encore que ces salades ?

Elle ajouta, en lançant un regard courroucé aux deux représentants de l'ordre :

— C'est vous qui lui mettez des idées comme ça dans la tête ? En voilà, des façons de faire peur aux gens. De mon temps, la police n'effrayait pas les vieilles personnes comme cela. Je vous jure, y a plus de respect pour personne.

Les flics se jetèrent un coup d'œil en douce. Elle débloquait grave, la mamie. Rodriguez, le plus jeune des deux, tout juste la trentaine, leva les paumes pour tenter d'amadouer la grand-mère qui s'agitait dans tous les sens.

— Du calme, madame, nous ne voulions pas vous affoler. On interrogeait juste votre mari. On nous a signalé une fusillade dans votre quartier ce matin.

— Une fusillade ! s'exclama Chantal. Mais qu'est-ce qu'on a à voir là-dedans ? Vous trouvez qu'on a l'air de gangsters ? Vous trouvez que mon mari ressemble à Al Capone ?

Elle s'interrompit et brandit sa louche en direction des gendarmes.

— Ah, mais on ne se laissera pas faire ! Accuser de pauvres petits vieux innocents ! C'est une honte ! On va appeler Julien Courbet. Vous entendrez parler de nous !

Les gardiens de la paix se consultèrent à nouveau du regard, de plus en plus affolés. Leur collègue Kévin était intervenu dans ce lotissement dimanche dernier et il était revenu catastrophé de sa mission. Il avait raconté avoir été pris d'assaut par une bande de vieillards cinglés complètement gâteux. La brigade s'était moquée de lui à l'aide de qualificatifs peu amènes. « Impressionnable », « inexpérimenté », et même « trouillard ». Mais maintenant, face à cette mémé qui les menaçait de sa louche et voulait alerter la presse et ce pépé sourd comme un pot qui n'avait plus la lumière à tous les étages, ils commençaient à se demander si Kévin ne disait pas la vérité. Le trentenaire se jeta à nouveau à l'eau.

— Écoutez madame, pas la peine de vous énerver, nous ne vous accusons de rien, affirma-t-il de son ton le plus rassurant. D'ailleurs, on s'en va.

Il recula d'un pas, imité par son collègue.

— Voyez, on part, reprit-il en tournant les talons et en s'éloignant d'une démarche rapide dans l'allée.

Le brigadier Lévèque et l'adjoint de seconde classe Rodriguez sonnèrent ensuite chez Nicole. Elle les accueillit, bonnet de laine sur le crâne et bâtons de ski à la main. Elle ne leur laissa pas le temps de se présenter.

— Ah, enfin vous voilà. Cela fait une heure que je vous attends. Au prix où je paye ces leçons de ski, la moindre des choses serait que vous soyez ponctuels. Je vous préviens, si je rate ma deuxième étoile, ce sera de votre faute.

Lévèque se frotta la nuque.

— Mais enfin madame, nous ne sommes pas moniteurs de ski, vous voyez bien que…

— Taratata, assez perdu de temps comme ça, l'interrompit Nicole en fronçant les sourcils. Attendez-moi là, je vais chercher mes skis.

Elle tourna les talons et disparut dans la maison.

— Qu'est-ce qu'on fait ? chuchota Rodriguez à son collègue lorsqu'elle se fut éloignée.

— On se barre ! s'énerva Lévèque. Elle est complètement aux fraises, la mémé. Aucune chance qu'elle puisse nous apporter un témoignage crédible.

Les deux agents s'éclipsèrent avant que Nicole ne réapparaisse et se rendirent jusqu'au pavillon voisin, celui de Françoise. Ils pressèrent la sonnette avec appréhension. Une vieille dame aux cheveux mauves permanentés leur ouvrit la porte. Elle paraissait normale, ce qui soulagea les gendarmes. Peut-être cet interrogatoire allait-il se dérouler sans encombre. Ils déclinèrent leur identité et le but de leur visite.

— Mais entrez donc, proposa l'octogénaire. Vous n'allez pas rester sur le pas de la porte.

Elle s'effaça pour les laisser passer. Après une seconde d'hésitation, le brigadier Rodriguez décida qu'elle n'avait l'air ni dangereuse ni folle à lier et, après un signe de tête à son collègue, ils suivirent l'aïeule. Elle les mena jusqu'à un salon tout droit sorti d'un téléfilm des années 1980 et les invita à prendre place dans le canapé, un meuble assez immonde au tissu élimé recouvert d'énormes fleurs aux couleurs criardes. Elle s'assit dans un fauteuil assorti.

— Alors, messieurs, que puis-je faire pour vous ?

Lévêque lissa sa moustache. Jusque-là, à part la décoration affreuse, tout roulait. Ils allaient pouvoir rentrer à la brigade avec au moins un témoignage crédible.

— On nous a signalé des coups de feu aux alentours de huit heures trente ce matin. Avez-vous vu ou entendu quoi que ce soit qui pourrait nous être utile ?

Les yeux de la vieille dame s'éclairèrent.

— Je dois absolument vous montrer quelque chose. Attendez-moi là, je reviens.

Elle sortit d'une démarche claudicante, laissant les deux agents interloqués.

— Tu crois qu'elle a pu ramasser des douilles vides ? demanda Rodriguez d'un ton plein d'espoir à son collègue.

— Ou même l'une des armes des tireurs, s'enthousiasma ce dernier, imaginant déjà son retour triomphal à la gendarmerie, des pièces à conviction plein les bras.

La grand-mère réapparut, elle portait une boîte à chaussures blanche. Les lèvres du brigadier s'étirèrent en un léger sourire. Elle avait sûrement planqué là-dedans les indices qu'ils recherchaient.

— Faites-moi une petite place, ordonna-t-elle.

Les deux hommes s'écartèrent pour lui permettre de s'asseoir entre eux. Elle se cala dans les coussins, la boîte en carton sur les genoux. Elle ôta le couvercle avec une lenteur exaspérante et Rodriguez, dont la patience n'avait jamais été la qualité principale, dut résister à l'envie de lui arracher la boîte des mains pour l'ouvrir lui-même.

— Regardez-moi ces merveilles ! s'extasia Françoise.

Lévèque et Rodriguez se penchèrent pour examiner le contenu de la boîte. Ils redressèrent la tête et dévisagèrent la vieille dame, stupéfaits.

— Mais, madame, je ne comprends pas ce que... attaqua le brigadier.

— Regardez-moi ces merveilles ! répéta l'octogénaire en sortant une boule à neige du carton.

Elle la secoua et la posa sur le plat de sa main pour que son auditoire puisse l'admirer. De microscopiques flocons de neige tourbillonnèrent sur deux petites danseuses en tutu rose.

— Avez-vous vous vu la finesse de leurs tenues ? On dirait de la dentelle. Et celle-ci !

Françoise reposa l'objet et se saisit d'un nouveau globe. Une reproduction de la cathédrale Notre-Dame de Paris. Un sourire réjoui sur le visage, elle agita la sphère et aussitôt, une tempête de paillettes blanches s'abattit sur le monument.

— Merveilleux, n'est-ce pas, commenta la vieille dame sans se soucier du mutisme de ses visiteurs. Et vous n'avez pas tout vu. J'ai aussi le général de Gaulle. Quel grand homme ! Où est-elle, que je vous la montre ?

Elle farfouilla dans le carton. Le brigadier Lévèque s'éclaircit la voix.

— Hum, euh, écoutez madame, tout ça, c'est bien joli, mais vous n'avez pas répondu à notre question.

Françoise redressa la tête, l'air confus.

— Quelle question ?

Le flic haussa un sourcil.

— Eh bien, concernant la fusillade de ce matin. Avez-vous aperçu quelqu'un ? Ou remarqué quelque chose d'inhabituel ?

— Ah, ça. Non, je n'ai rien entendu. Vous savez, j'ai un sommeil capricieux alors j'essaye de faire la grasse matinée et je mets des bouchons d'oreilles pour ne pas être dérangée. Une fanfare pourrait jouer la *Marseillaise* à côté de mon lit que je n'entendrais rien.

Elle émit un petit rire. Rodriguez se gratta la tête, perplexe.

— Mais pourquoi nous avoir invités à entrer ?

L'aïeule haussa les épaules comme si la réponse était évidente.

— Bah, pour vous montrer ma collection de boules à neige, bien sûr. Voulez-vous admirer aussi ma collection de petites cuillères ? J'ai des pièces superbes, vous savez.

Les deux hommes s'empressèrent de décliner la proposition et de prendre congé.

— C'est pas possible, ils sont tous zinzins dans ce lotissement, se désola le deuxième classe Rodriguez une fois dehors.

— Un vrai asile de fous, confirma son collègue. Espérons que nous aurons plus de chance avec le dernier.

Ils furent soulagés de constater que Jacques les accueillait sur le trottoir. Hors de question de renouveler l'expérience qu'ils venaient de vivre avec la grand-mère aux cheveux violets. Ils énoncèrent une nouvelle fois leur identité et l'objet de leur visite. Et pour leur plus grande joie, l'homme en face d'eux semblait comprendre de quoi ils parlaient.

— Ah oui en effet, ça pétaradait sec, ce matin, confirma Jacques, bras croisés sur la poitrine.

Lévèque sortir son calepin et son stylo. Il allait enfin pouvoir consigner des informations intéressantes pour son rapport.

— Une idée de l'auteur de ces coups de feu ?

— Des coups de feu, vous dites ? s'étonna le septuagénaire en fronçant les sourcils. Je pensais que c'était des gamins qui s'amusaient avec des pétards. Ou avec leurs mobylettes. Vous savez qu'ils trafiquent les pots d'échappement pour que cela produise plus de bruit ?

— Oui, oui, on est au courant, grommela Rodriguez. Mais vous n'êtes pas sorti voir ce que ça pouvait être ?

Jacques haussa les épaules.

— Non, désolé. J'étais en train de regarder mon feuilleton, je ne voulais pas le rater à cause de garnements qui s'amusent à perturber la tranquillité du voisinage. D'ailleurs, puisque vous êtes là, vous ne voudriez pas enquêter ? La semaine dernière, un petit malin a éventré tous mes sacs-poubelles. Et avant-hier… à moins que ce ne soit samedi… je ne sais plus. Bref, un chenapan a dérobé l'un des nains de jardin de mon voisin. On vit vraiment une drôle d'époque, je vous le dis. De mon temps, les gosses étaient mieux éduqués que ça.

Lévêque serra son bloc-notes si fort que le papier se froissa entre ses doigts.

— On va s'en occuper, monsieur. Merci pour tout. Bon après-midi.

Putain de quartiers de cinglés, songea-t-il en regagnant son véhicule de fonction. *C'est moche de vieillir.*

13

« Rira bien qui s'en mordra les doigts ! »

René s'accouda au comptoir et interpella Mike, le barman et propriétaire du lieu. En réalité, il s'appelait Michaël, mais il insistait pour qu'on le surnomme Mike. Il trouvait que ce pseudonyme sonnait plus américain. Les États-Unis, c'était son rêve. Il aurait adoré tenir un bar au Far West et servir de la bière à des cow-boys. Alors, en guise de compensation, il avait décoré son établissement dans la plus pure tradition américaine, enfin, à ses yeux. Plaques de voitures américaines, drapeau américain, vieille Winchester, les murs affichaient fièrement les symboles patriotiques chers à Mike. Avec son long comptoir en zinc et ses fauteuils rouges imitation cuir, il faut reconnaître que l'endroit avait un sacré look.

— Tu me sers un demi ? demanda René au patron.

Mike attrapa un verre, le remplit à ras bord comme l'appréciait son client et le posa devant lui, sur un sous-bock à l'effigie d'une grande marque de bière.

Il était encore tôt, mais le bar était déjà bien plein. Les habitués aimaient siroter leur apéritif de bonne heure, avant de retrouver leurs familles pour le dîner.

— Je suppose que t'es au courant de la fusillade du côté de chez toi ? demanda le barman à l'ancien instituteur en appuyant ses coudes sur le comptoir. Depuis ce matin, tout le village ne cause plus que de ça !

— Tu m'en diras tant ! grogna René. Ça a foutu un beau bordel ! Les flics ont débarqué au lotissement et ont interrogé tout le monde.

Gérard, le patron de l'agence immobilière, et Denis, le coiffeur, dressèrent l'oreille et se rapprochèrent.

— Et toi, tu as entendu un truc ? s'enquit Gérard d'une voix suintant de curiosité.

René préféra mentir. Pas la peine d'attirer l'attention sur lui.

— On était partis en courses avec Chantal. Il paraît que les ouvriers de Belfroi Immobilier ont chié dans leur froc. Je regrette d'avoir raté ça.

Comme il s'y attendait, ses camarades sautèrent sur l'occasion de cancaner. Lorsque vous habitez un petit village, vous pouvez toujours compter sur les ragots pour vous informer.

— C'est rien de le dire, plaisanta Denis. Mike affirme qu'ils étaient complètement paniqués.

— Ah oui ? commenta René, l'air de rien, en se tournant vers le patron du bar. Remets-nous une tournée et raconte !

Ravi de cet événement qui depuis ce matin déliait les langues de ses clients et les poussait à consommer plus que d'ordinaire, le barman servit des bières à ses trois habitués et en profita pour s'en verser une au passage. Puisque c'était René qui régalait, autant bénéficier de sa générosité.

— Patrick Chamart passe souvent boire un café avant d'aller bosser. Il était tranquillement attablé au comptoir, quand cinq grands gaillards ont surgi dans le bar. Malgré leur allure de gros durs, ils paraissaient paniqués comme des fillettes. Ils se sont précipités sur Chamart et ont commencé à beugler qu'ils s'étaient fait tirer dessus, que ça canardait de partout, qu'on se serait cru en pleine guerre des gangs. Les mecs flippaient tellement que j'ai même pensé qu'ils allaient se mettre à chialer. Leur patron a essayé de les calmer, mais rien à faire, ils ne voulaient rien entendre. Ils l'ont averti qu'ils entamaient une grève et qu'ils ne poseraient plus un pied sur le chantier jusqu'à ce qu'ils touchent une prime de risque et que leur sécurité soit assurée.

René s'esclaffa. Dire qu'il avait revêtu un costume gris ce matin. Avec la nouvelle qu'il venait d'apprendre, il allait devoir se changer en rentrant chez lui. Une grève chez Belfroi Immobilier méritait de porter du bleu. Il resta discuter le temps de terminer sa consommation et s'empressa de retourner au lotissement des Genêts pour annoncer le scoop au CRLG.

Il arriva passablement en retard chez Nicole. Tout le monde se trouvait déjà là et l'apéro battait son plein.

Enfin, tout le monde, sauf Jacques qui, au grand dam de Nicole, avait prétexté avoir pris froid pour annuler sa venue. Pourtant ce matin, il se portait comme un charme. Elle pensait être enfin parvenue à apprivoiser son mystérieux voisin. Elle se trompait. Lorsque la sonnette avait retenti, elle avait cru un instant qu'il s'était ravisé. Elle n'avait pu s'empêcher de ressentir une pointe d'amertume en découvrant la silhouette rondouillarde de René sur le pas de la porte. *Chassez le naturel, il revient en quatrième vitesse*, avait-elle songé avec rancœur. À croire que les rumeurs ne mentaient pas : Jacques avait peut-être un passé peu reluisant à dissimuler.

Elle guida l'ancien instituteur jusqu'au living-room où Françoise et Chantal conversaient jardinage. Il s'installa en bout de table, sa place préférée, se servit un verre et leur raconta ce qu'il avait appris.

— Tu crois que Chamart va accorder aux ouvriers ce qu'ils demandent ? se renseigna Chantal en lorgnant d'un air réprobateur la boisson de son mari qui se vidait bien trop vite à son goût.

— Connaissant la radinerie de ce péquenot du Danube, ça m'étonnerait qu'il cède aussi facilement, affirma ce dernier. Je pense qu'on a quelques jours de tranquillité devant nous avant que le chantier reprenne.

Nicole pinça les lèvres.

— Mais comment savoir de combien de temps nous disposons exactement ? Sans compter que pour l'instant, nous n'avons pas l'ombre d'un plan.

René se frotta la nuque, l'air pensif. C'est vrai qu'ils ne pouvaient pas se permettre de rester ainsi dans le flou. Ils devaient connaître les intentions de Chamart. Une idée germa dans son esprit. Une idée d'autant plus formidable qu'elle nécessiterait de rendre visite à son barman préféré.

— Chamart a l'habitude de prendre un café le matin au Country, le bar de Mike, expliqua-t-il. Je suis un bon client, Mike m'aime bien alors qu'il ne peut pas blairer cette face de cul de Chamart. Je peux lui demander de se renseigner discrètement sur l'avancée de la situation entre les ouvriers et leur patron. Comme ça, nous serons prévenus en avant-première de la reprise des travaux.

Françoise applaudit avec l'enthousiasme d'une petite-fille devant un spectacle de cirque.

— Bravo, c'est très ingénieux.

Elle sortit son tabac de sa poche et interrogea son hôtesse.

— Cela t'ennuie si je fume pour fêter ça ?

— Tant que tu ouvres la fenêtre pour chasser la fumée, pas de problème.

Pendant que l'octogénaire se livrait à son rituel pour préparer sa pipe, Nicole félicita à son tour René.

— Toi qui es fan de James Bond, te voilà transformé en agent secret pour espionner Belfroi Immobilier. J'aime beaucoup cette idée ! Ce gredin de promoteur ne perd rien pour attendre. Rira bien qui s'en mordra les doigts !

Chantal se recula sur sa chaise, la mine renfrognée.

— C'est bien beau tout ça, mais on n'a toujours pas de plan. Si Chamart cède aux revendications de ses employés, les travaux vont reprendre et on ne sera pas plus avancés.

Son mari soupira.

— Ce que tu peux être rabat-joie. On va en trouver un, de plan, laisse-nous le temps d'y penser. On a quelques jours devant nous pour réfléchir.

— Si tu le dis, maugréa sa femme, vexée de se faire ainsi rabrouer.

Elle aurait dû écouter son horoscope ce matin et rester terrée chez elle. Le journal l'avait pourtant prévenue, Uranus en sagittaire réveillait ses instincts belliqueux. « Climat polaire, défiance, un grand coup de froid s'abattra sur votre vie de couple. Un mur d'incompréhension se dressera entre votre partenaire et vous. » Sitôt qu'elle avait lu cela, son humeur s'était effondrée. Et voilà qu'encore une fois, les prévisions de madame Irma se révélaient exactes.

— Bon, en attendant d'imaginer une nouvelle stratégie, concentrons-nous sur l'autre point à l'ordre du jour, la grande évasion de Françoise, proposa Nicole pour détendre l'atmosphère entre les deux époux.

La doyenne du groupe, qui fumait debout à la fenêtre, se retourna en entendant son prénom.

— Mes enfants viennent dîner samedi soir, les informa-t-elle d'un ton inquiet. J'ai peur qu'ils ne réabordent le sujet.

— Alors on doit agir cette semaine ! déclara Nicole d'une voix ferme. Je passerai t'aider à emballer quelques affaires pour rendre crédible ta disparition. René, peux-tu t'occuper d'appeler un serrurier ?

L'ancien instituteur balaya l'espace du bras, d'un air dédaigneux.

— Pfff, pas besoin d'un serrurier. Je suis une bouse en bricolage, c'est vrai, mais poser un verrou, même moi je peux le faire. J'irai en acheter un demain matin et je l'installerai l'après-midi.

— Parfait, conclut Nicole. Quant à moi, j'irai voir Jacques pour qu'il nous conseille un installeur pour l'alarme. Il semble bien s'y connaître, il saura sûrement qui contacter.

14

« On se boirait pas un petit apéro pour fêter ce super plan ? »

Bien décidée à prendre les choses en main, Nicole sonna dès le lendemain matin chez Jacques. Elle recoiffa rapidement ses cheveux avec ses doigts, le vent ayant ébouriffé son joli carré, avant de s'annoncer dans le visiophone. Mais comme la fois précédente, il vint à sa rencontre plutôt que de déverrouiller le portail. À croire qu'il avait quelque chose à cacher derrière sa palissade infranchissable, se dit Nicole, de plus en plus intriguée par le comportement de son voisin. Elle le trouva aussi très en forme pour un homme ayant affirmé la veille au soir être trop malade pour sortir. Elle ne put s'empêcher de lui en faire la remarque. Il balaya l'argument d'une pirouette.

— Vous savez comment sont les choses à notre âge, un courant d'air et on se croit fiévreux. Je me suis affolé pour rien, ce matin je me sens beaucoup mieux. Je suis vraiment navré de vous avoir fait faux bond.

Avez-vous élaboré un nouveau plan pour retarder les travaux ?

Nicole lui résuma la réunion et en profita pour lui exposer le but de sa visite.

— En effet, confirma son voisin, je connais un installateur. Il travaille vite et bien. Je peux le contacter si vous voulez, c'est lui qui s'occupe de mon alarme, je parviendrai plus facilement que Françoise à le convaincre d'intervenir cette semaine.

— Vous avez une alarme ? Le quartier est pourtant très calme.

Jacques marqua un temps d'arrêt avant de répondre.

— Avoir vécu en région parisienne m'a sans doute rendu un brin paranoïaque.

Nicole ne put s'empêcher de saisir l'occasion pour tenter d'en savoir plus sur son passé.

— Vous étiez professeur de sport, c'est bien cela ?

— Oui, en effet. J'enseignais au collège dans une petite ville de banlieue.

— Et qu'est-ce qui vous a poussé à déménager dix ans après votre retraite ? Ce n'est pas très courant.

Jacques se baissa pour arracher une mauvaise herbe.

— Je suppose que j'en avais marre de la pollution, lâcha-t-il avant de se relever.

Il regarda sa montre et Nicole devina qu'il s'apprêtait à mettre un terme à leur discussion. Mais elle n'était pas décidée à abandonner.

— Vous n'avez pas d'enfants ? l'interrogea-t-elle d'une voix détachée.

— Non.

Il ne développa pas et recula d'un pas en direction de sa maison. Elle se dépêcha d'enchaîner sur sa question suivante avant de se voir congédier.

— Et vous n'avez jamais été marié ?

Jacques fronça les sourcils.

— Si, j'ai été marié, mais j'ai divorcé il y a plus de vingt ans. Maintenant, si vous voulez bien m'excuser, je dois rentrer, j'ai un plat sur le feu. J'appellerai l'installateur pour l'alarme cet après-midi. Je vous tiens au courant.

Il tourna les talons et disparut derrière son portail. Nicole entendit la serrure se verrouiller. Pas de doute, il l'avait éconduite. Que diable dissimulait cet homme pour se comporter ainsi ? Elle n'en avait aucune idée, mais comptait bien le découvrir.

Vers quinze heures, Nicole se rendit chez Françoise pour l'aider à déménager ses affaires. Même si l'octogénaire regagnerait sa maison une fois ses enfants partis, il était essentiel qu'ils croient à sa disparition. Et pour cela, il fallait commencer par vider ses penderies. Pour qu'elle puisse malgré tout continuer à s'habiller, il fut convenu que Nicole lui apporterait chaque jour une tenue pour le lendemain et repartirait avec les vêtements de la veille pour les laver. Ainsi, les armoires resteraient vides si sa progéniture ou la police débarquaient à l'improviste. Chantal et René s'étaient portés volontaires pour les courses et approvisionneraient donc leur amie pour qu'elle n'ait pas à sortir de chez elle. La vaisselle serait lavée à la main après chaque repas et rangée aussitôt. Et elle fumerait la pipe dans le jardin pour éviter de laisser des indices olfactifs de sa présence dans son salon. Bref, chaque détail avait été pensé avec minutie et rien n'avait été abandonné au hasard.

Pendant que Nicole et Françoise empaquetaient les vêtements dans deux grandes valises, René s'occupait de poser le nouveau verrou. Un juron leur parvenait parfois, signe que l'ancien instituteur ne ménageait pas sa peine. Chantal avait tenu à participer également et rassemblait dans un carton quelques bibelots et photos à forte valeur sentimentale. Ainsi, le départ de leur mère paraîtrait encore plus crédible aux trois enfants de l'octogénaire.

À dix-sept heures, les choses étaient pratiquement terminées. René avait installé le verrou et, bien que de guingois, il fonctionnait. Les armoires étaient vides. Les souvenirs de famille emballés. Ne manquait plus que l'alarme, mais Jacques n'avait toujours pas donné signe de vie. Les quatre amis décidèrent de s'octroyer un goûter bien mérité. Françoise prépara du thé et sortit un paquet de biscuits.

— Si on mettait un peu de musique ? suggéra Nicole. Je me sens d'humeur festive après ce travail bien accompli.

Les autres approuvèrent et Françoise ouvrit le bas de son buffet, révélant un vieux radiocassette. Elle souffla sur le plastique gris pour en déloger la poussière.

— Je ne m'en sers pas souvent, s'excusa-t-elle. Que voulez-vous écouter ?

— Tu aurais Aznavour ? demanda Chantal. Je l'ai toujours adoré. René et moi, on s'est même mariés sur *For Me Formidable* ! Hein, chéri ?

Son mari acquiesça d'un signe de tête, une lueur mélancolique au fond des yeux.

Nicole battit des mains.

— Oh oui, quelle bonne idée, approuva-t-elle. Moi aussi je suis fan. Ses chansons ont bercé ma jeunesse.

Un large sourire éclaira le visage de Françoise.

— Ça tombe bien, j'ai une compilation de ses plus grands tubes !

Elle sortit une cassette aux couleurs délavées et la glissa dans le lecteur. Les notes retentirent et le timbre voilé de Charles Aznavour envahit la pièce. Nicole se mit à fredonner, bientôt imitée par Chantal. D'abord timides dans leur interprétation, les deux femmes se laissèrent gagner par l'enthousiasme lorsque les premiers accords de *La Bohème* se firent entendre.

Je vous parle d'un temps
Que les moins de vingt ans
Ne peuvent pas connaître...

Françoise et René se prirent au jeu et entonnèrent la suite avec elles.

Montmartre en ce temps-là
Accrochait ses lilas

Jusque sous nos fenêtres.
Et si l'humble garni
Qui nous servait de nid
Ne payait pas de mine
C'est là qu'on s'est connus
Moi qui criais famine
Et toi qui posais nue

Au refrain suivant, René se leva et attrapa son épouse par le bras pour l'entraîner dans une valse improvisée. Ils virevoltaient sur le carrelage, accompagnés par les voix de Françoise et Nicole qui chantaient maintenant à tue-tête, la main sur le cœur, les larmes au bord des yeux, le sourire aux lèvres.

La bohème, la bohème
Ça voulait dire, on a vingt ans
La bohème, la bohème
Et nous vivions de l'air du temps

À la fin de la chanson, épuisé par sa performance, le couple se laissa tomber sur le canapé.

— Ça, c'était de la vraie musique, commenta René en s'épongeant le front avec sa manche. Pas comme la merde qu'écoutent les jeunes de maintenant.

— À chacun son époque, mon René, le taquina Nicole. Et puis la chanson ne fait pas le moine, comme dit le proverbe.

Un bruit d'applaudissement les fit sursauter. Jacques se tenait sur le seuil de la porte, l'air amusé.

— Bravo, belle performance ! s'exclama-t-il en frappant dans ses paumes.

— Jacques ? Mais que faites-vous ici ? s'étonna Françoise en replaçant une mèche de cheveux qui cherchait à s'échapper de sa mise en plis parfaite.

Un sourire contrit aux lèvres, leur voisin leva les bras en signe d'excuse.

— J'ai sonné, mais personne ne répondait. Et puis en tendant l'oreille, j'ai entendu la musique et votre reprise très réussie de ce morceau que j'adore. Alors je n'ai pas pu résister à venir vous écouter. J'espère que vous ne m'en voulez pas.

— Pas du tout, vous avez bien fait. Vous n'alliez pas rester dehors par ce temps. Regardez-moi cette pluie, on se croirait en plein mois de novembre. Venez donc prendre une tasse de thé avec nous.

— Eh bien, c'est que je suis un peu pressé, commença Jacques en esquissant une grimace.

Nicole s'empressa d'intervenir avant que leur mystérieux voisin ne rentre se terrer une nouvelle fois dans sa tanière.

— Taratata, vous avez bien cinq minutes pour déguster une boisson chaude. Quand le thé est tiré, il faut le boire : vous ne voudriez pas faire mentir le proverbe. Et si vous êtes venu jusqu'ici, je suppose que ce n'est pas pour regarder quatre vieux croulants pousser la chansonnette. Alors, posez vos fesses sur ce canapé et dites-nous la raison de votre visite surprise.

Une lueur amusée traversa les iris sombres de Jacques. Il cessa de protester et vint s'asseoir sur le sofa à côté de Chantal et Nicole. Françoise lui versa aussitôt une tasse d'Earl Grey encore fumant.

— Désolé, mon vieux, elles m'ont interdit d'ajouter du whisky pour corser le goût, s'excusa René, dédaigneux, avec en plissement de narines en direction de la théière.

Chantal balança un regard noir à son mari.

— Pas d'alcool en dehors des repas, je ne céderai pas ! lui rappela-t-elle d'un ton sévère.

Le vieil instituteur leva les yeux au ciel et marmonna une réponse inintelligible, dans laquelle on distingua malgré tout très nettement le mot « dictature ».

Les joues de Chantal se marbrèrent de rouge. Elle ouvrit la bouche pour répliquer, mais Jacques la prit de vitesse.

— Chère Françoise, je me suis occupé de votre alarme. Un installateur passera demain matin poser un détecteur périmétrique sur votre portail.

L'octogénaire battit des cils, la mine ravie.

— Oh vous êtes un ange. Je vous suis tellement reconnaissante à tous de me soutenir. Je ne sais pas si notre plan suffira à faire changer mes enfants d'avis, mais au moins, tant qu'ils me croient disparue dans la nature, ils ne pourront pas m'enfermer en maison de retraite.

— On ne va pas laisser de jeunes merdeux décider de notre vie, confirma René. Et c'est valable pour tes enfants, pour les nôtres et même pour l'autre trou du cul du Pérou !

Nicole pouffa.

— Tu parles de Patrick Chamart, je suppose ?

— Gagné ! D'ailleurs, Mike m'a rapporté qu'il négocie sec avec ses employés. Il n'a pas encore lâché sur l'augmentation et le vigile, mais selon Mike, ce n'est qu'une question de jours. Plus le retard sur le chantier s'accumule, plus il perd de l'argent et les banquiers commencent à s'inquiéter de la situation. Il lui aurait avoué qu'il se donne jusqu'à la fin de la semaine pour essayer de rogner au maximum sur les demandes de son personnel, mais que d'ici lundi, les travaux devront avoir repris.

Un silence s'étira deux ou trois secondes.

— Hum, cela ne nous laisse guère de temps pour agir, commenta Jacques en se frottant la mâchoire.

— Cette fois, il faut vraiment que nous trouvions un stratagème qui bloque la situation sur le long terme, remarqua Nicole. Nos précédentes idées étaient certes amusantes et efficaces, mais nous n'avons gagné que quelques jours.

— Plus facile à dire qu'à faire, intervint Chantal d'un ton mi-ironique, mi-dramatique.

Françoise dégaina sa pipe, cela l'aidait à réfléchir. Aujourd'hui, elle avait opté pour un modèle laqué noir au look très moderne, cadeau de ses enfants.

— Quel dommage que nous n'habitions pas au-dessus d'un cimetière indien, déclara-t-elle tout en tassant son tabac dans le foyer de sa pipe.

Ses quatre voisins la dévisagèrent comme si elle venait de leur annoncer son intention de déménager sur Mars. Elle gloussa face à leurs mines stupéfaites.

— C'est un truc que j'ai vu dans un téléfilm hier soir, expliqua-t-elle. Cela se passait aux États-Unis. Un hôtel était en cours de construction sur une ancienne réserve indienne et en creusant, les ouvriers ont déterré des ossements humains. La communauté indienne s'est indignée que l'on profane un cimetière de son peuple et le propriétaire du futur hôtel a dû stopper ses travaux pendant plusieurs mois, pour que des spécialistes viennent fouiller le chantier pour déterrer tous les corps et leur offrir une sépulture décente ailleurs. Enfin bref, rien à voir avec notre histoire, nous ne sommes pas aux États-Unis, alors aucune chance qu'on trouve des cadavres indiens sous nos terres.

Chantal reposa le gâteau sec qu'elle venait d'attraper sur le bord de l'assiette avec une mimique de dégoût.

— C'est malin, tu m'as coupé l'appétit avec tes histoires de macchabées. Bon, personne n'a une idée plus réaliste et moins macabre ?

Françoise roula des yeux, l'air désabusé. Le mauvais caractère de sa voisine lui tapait parfois sur les nerfs. Heureusement qu'elle savait que derrière cette façade bourrue se cachait un cœur d'or, toujours prêt à aider les autres, comme en témoignait sa présence chez elle aujourd'hui. Sinon cela ferait belle lurette qu'elle aurait cessé de la fréquenter. Elle ravala donc sa réplique et se contenta de tirer une bouffée apaisante sur sa pipe.

— Ce n'est peut-être pas une idée aussi mauvaise que ça, déclara Nicole d'un ton songeur en tapotant sa lèvre inférieure avec l'index. Qui vole un œuf tombe sur un os, après tout.

— Oh non, tu ne vas pas t'y mettre aussi, grogna Chantal les sourcils froncés.

Jacques se pencha vers Nicole et elle pouvait presque discerner des points d'interrogation au fond de ses iris sombres.

— Que voulez-vous dire ? lui demanda-t-il avec un intérêt sincère.

La septuagénaire s'accorda trois secondes avant de répondre. Elle cherchait comment formuler son idée de façon à ne pas passer pour une cinglée aux yeux de ses amis.

— Nos maisons ne sont pas construites sur un cimetière indien, c'est vrai. Mais si les ouvriers tombaient sur des ossements pendant leurs travaux, le chantier devrait s'arrêter. Il y aurait sûrement des analyses, comme dans le téléfilm de Françoise, pour établir l'origine des os, leur ancienneté, ce genre de chose. La police voudrait enquêter et fouiller le terrain. Cela prendrait des semaines, voire des mois. Ce retard important convaincrait peut-être Patrick Chamart d'abandonner le projet.

René se gratta la joue.

— Ouais, c'est vrai, ce serait génial. Mais irréaliste. On ne va quand même pas buter un mec pour enterrer son cadavre.

Nicole laissa fuser un rire.

— Rassure-toi, je ne comptais pas en arriver à une telle extrémité. Mais je vous rappelle que Marion, ma petite-fille, est étudiante en médecine.

Jacques claqua des doigts et s'exclama :

— Bon sang, je crois que j'ai compris !

— Eh bien moi, je n'ai rien compris du tout, ronchonna Chantal. Alors si vous voulez bien vous donner la peine d'expliquer, ce serait sympa.

Nicole lui adressa un clin d'œil malicieux.

— Pas de panique, j'y viens ! Je croyais que ton horoscope du jour te conseillait de faire preuve de patience.

Sa voisine porta sa main à sa bouche, l'air coupable.

— Tu as raison, j'ai failli oublier. Excuse-moi. Je ne t'interromprai plus, promis.

Nicole salua cette bonne résolution d'un hochement de tête approbateur.

— Donc, Marion est étudiante en médecine. Et pour ses cours d'anatomie, elle est amenée à travailler sur des os humains que l'université leur fournit. Je pourrais lui demander de m'en rapporter un ou deux. On les planquerait sous les terrains de Chamart. Je vous laisse deviner la suite.

René lissa ses sourcils en broussaille, l'air satisfait.

— Eh eh, c'est pas con ça, comme plan ! Cette bouse de Chamart va en avaler ses amygdales. Et pour compliquer les analyses, je pourrais demander à Marcel, mon copain boucher, de nous filer quelques carcasses d'animaux. Ils vont bien s'arracher les cheveux, les experts de la police scientifiques, avec tous ces ossements planqués sous terre.

Il s'interrompit et regarda sa montre.

— Dites donc, il est dix-huit heures trente. On se boirait pas un petit apéro pour fêter ce super plan ?

15

« Elle devinait que les mots "démence sénile" clignotaient en lettres lumineuses sur son front. »

Afin de mettre leur stratagème à exécution avant la fin de la semaine, Nicole avait appelé Marion pour l'inviter à dîner le mercredi. D'ordinaire, la jeune fille passait ses soirées à étudier et ce n'était pas le genre de sa grand-mère de l'en empêcher. Alors quand cette dernière avait expliqué avoir besoin de lui parler, elle s'était affolée. La vieille dame l'avait rassurée, il n'y avait rien de grave, mais elle avait refusé de lui donner plus d'explications par téléphone. Aussi se sentait-elle fébrile en sonnant chez sa mamie à dix-neuf heures précises. Elle avait pris le temps de s'arrêter chez le fleuriste, pour lui apporter un bouquet de tulipes jaunes, ses fleurs préférées.

— Oh, ma chérie, il ne fallait pas ! s'exclama Nicole en ouvrant la porte.

Mais le sourire qui affleurait sur ses lèvres démentait cette affirmation, Marion le savait bien. Sa grand-mère adorait ce genre de petites attentions. Et depuis que papi était mort, plus personne, à part elle, n'offrait de fleurs à Nicole. *Si seulement elle pouvait rencontrer un chouette veuf qui la rendrait heureuse*, songea Marion en posant deux bises sur les joues parfumées de sa mamie.

Elles s'installèrent au salon. Les napperons sur les meubles, les coussins en dentelle, la table basse à l'odeur d'encaustique, l'antique téléviseur. Tout dans cette pièce paraissait figé au siècle dernier. Chaque détail lui rappelait son enfance et c'est pour cela que Marion la chérissait. Elle se lova dans le fauteuil favori de son grand-père et il lui sembla presque sentir l'après-rasage du vieux monsieur chatouiller ses narines. Elle ne buvait pas d'alcool, aussi Nicole avait-elle préparé une carafe d'oranges pressées, qu'elle déposa sur la table basse en compagnie d'un ramequin d'olives farcies aux anchois, dont raffolait la jeune fille. Elle ne put se retenir d'en porter une à sa bouche avec gourmandise et savoura l'amertume salée qui se répandit sur sa langue.

— De quoi voulais-tu me parler, mamie ? demanda-t-elle après avoir trempé ses lèvres dans son verre.

Il n'y a qu'ici qu'elle buvait du vrai jus d'orange. Dans le minuscule studio qu'elle louait près de l'université, elle n'avait jamais eu le courage de presser ses oranges elle-même. Pour son petit déjeuner, elle se contentait donc d'un ersatz en bouteille, acheté au supermarché du coin, dont le contenu n'avait qu'un lointain rapport avec le jus de fruits frais que lui préparait sa grand-mère chaque matin quand elle passait la nuit chez elle.

Nicole se surprit à appréhender la discussion qui allait suivre. Et si Marion refusait de l'aider ? Et si elle trouvait son idée cinglée ? Ou pire, si elle la trouvait cinglée, elle ? Ne risquait-elle pas de croire que son aïeule perdait la boule ? Un bref instant, elle s'imagina enfermée avec les zinzins, cataloguée « Alzheimer » ou « démence sénile », et un frisson remonta le long de son échine.

La peau chaude et douce de Marion sur sa main la tira de ses pensées. L'étudiante en médecine la scrutait d'un œil soucieux, le front plissé de rides.

— Tout va bien, mamie ? Tu es toute pâle.

Nicole se ressaisit aussitôt, culpabilisant de donner autant d'inquiétude à sa petite-fille adorée.

— Rassure-toi, ma chérie, ce n'est rien. Juste un petit coup de blues passager. Je me porte comme un charme.

Marion haussa un sourcil dubitatif.

— Je préférerais appeler le docteur Chemin.

La vieille dame secoua la tête énergiquement.

— Taratata, je vais très bien. J'ai juste besoin d'un peu de sucre. Tu sais ce qu'on dit, mieux vaut nourrir que guérir.

Elle avala d'un trait son verre de jus d'orange et grignota une olive.

— Tu vois, je me sens déjà mieux, insista-t-elle avec un sourire.

Marion l'observa un instant, avant de hocher la tête. Les joues de sa grand-mère avaient repris des couleurs, lui donnant meilleure mine.

— Très bien. Mais ce soir, c'est moi qui m'occupe de tout, toi tu restes assise, proclama-t-elle d'un ton sans appel.

Elle fera un très bon médecin, se dit Nicole avec une bouffée d'amour et de fierté. Elle décida de ne pas la contrarier et acquiesça.

— C'est entendu. D'ailleurs, si nous passions à table ? Je t'expliquerai pendant le dîner pourquoi j'avais besoin de te voir.

Comme promis, l'étudiante se chargea de mettre le couvert sur la toile cirée aux motifs provençaux et de servir le plat, une blanquette d'agneau au fumet appétissant. Elle ignorait pourquoi sa grand-mère lui avait demandé de venir, mais elle s'en réjouit. Elle était bien mieux ici que dans son minuscule studio, à se nourrir de pizzas surgelées en potassant son cours d'immunologie. Rien de meilleur que la compagnie de sa mamie et sa bonne cuisine pour se remonter le moral. Elle aurait tout le temps de rattraper son retard demain matin, requinquée par cette chouette soirée et cette délicieuse nourriture.

— Bon, mamie, si tu me disais tout ? suggéra Marion entre deux bouchées de blanquette.

— D'accord, mais promets-moi de me laisser parler jusqu'au bout sans m'interrompre, demanda Nicole, à nouveau inquiète de la réaction de sa petite-fille.

Cette dernière lui donna sa parole – elle resterait muette comme une tombe – et la septuagénaire se lança. Elle lui résuma les récents événements de la lutte du Comité de résistance du lotissement des Genêts contre Belfroi Immobilier. Marion ne put s'empêcher de rire au récit de l'épisode avec Raoul le bouc. L'histoire des pétards et de l'intervention de la police lui occasionna en revanche un froncement de sourcils. Il ne manquerait plus que sa grand-mère termine en prison ! Elle dut se mordre la langue pour ne pas intervenir. Mais elle avait promis et une promesse était une promesse.

— Voilà, tu sais tout, déclara Nicole une fois son allocution achevée.

Elle marqua une hésitation avant d'ajouter :

— Enfin, tout sauf notre nouveau plan. Et c'est pour cela que j'ai besoin de toi.

Marion s'inclina vers sa grand-mère, coudes sur la table.

— Ce que vous avez fait est incroyable. Je me demande où vous allez chercher toutes ces idées ! Mais tu m'intrigues de plus en plus, constata-t-elle, titillée par la curiosité. Je t'aiderai avec plaisir. Que puis-je faire pour toi ?

Nicole gratta du bout de l'ongle un reste de sauce sur la nappe. Le moment était venu de tout dévoiler, elle le savait. Pour autant, elle avait du mal à se jeter à l'eau. Elle prit une profonde inspiration et se lança.

— Je voudrais que tu me rapportes des os de la faculté de médecine.

— Hein ?

Marion écarquilla si grand les yeux, qu'ils parurent sur le point de jaillir de leur orbite. Aussitôt, la vieille dame regretta de s'être montrée aussi abrupte. Elle devinait que les mots « démence sénile » clignotaient en lettres lumineuses sur son front. Elle s'empressa de donner plus de détails dans l'espoir que sa requête paraisse moins folle.

— C'est pour les enterrer dans le jardin des voisins.

Cette fois, le visage de Marion vira au gris. Elle se pencha vers sa grand-mère et posa le dos de sa main contre son front.

— Tu es sûre que tu n'as pas de fièvre, mamie ? Je devrais peut-être téléphoner au docteur Chemin.

— Nom d'une pipe en bois, je vais très bien ! protesta Nicole en gesticulant à outrance. Laisse-moi finir et tu verras que je ne suis pas folle !

Face à la peau marbrée de rouge de la vieille dame, Marion s'inquiéta pour sa tension nerveuse. Elle leva les bras en signe de reddition.

— Pardon, j'arrête de t'interrompre. Termine ton histoire.

Nicole la jaugea d'un œil sévère, comme pour la défier de lui couper la parole. La mine repentante de la jeune fille la convainquit qu'elle pouvait poursuivre ses explications.

— Si les ouvriers de Belfroi Immobilier découvrent des os humains enterrés sur le chantier, les travaux seront suspendus. Et le temps que la police les analyse, cela prendra plusieurs semaines. D'autant que nous avons prévu de planquer aussi des ossements d'animaux. Les flics n'ont pas fini de s'arracher les cheveux. Sans parler de Chamart !

Elle termina son allocution d'une voix réjouie, mais son exaltation retomba comme un soufflé. Qu'avait pensé Marion de cette tirade ? Allait-elle lui passer une camisole, direction l'asile ? Elle scruta le visage juvénile, à la recherche d'un indice. En vain. Le menton appuyé sur les mains, sa petite-fille ne laissait rien paraître de ses émotions. Nicole sentit son cœur accélérer dans sa poitrine. Tout ce stress n'était certainement pas bon pour son vieux palpitant !

— Eh bien, tes copains et toi ne manquez pas d'imagination, déclara enfin Marion. Ce plan est pour le moins…

Elle s'interrompit, semblant chercher ses mots.

Pourvu qu'elle ne dise pas « cinglé », pria Nicole en silence.

— Inattendu, conclut l'étudiante. Oui, c'est vraiment inattendu. Qui pourrait croire que les gentils résidents du lotissement des Genêts peuvent se montrer aussi ingénieux et diaboliques ?

Son rire gai agit comme un calmant sur Nicole, dont le rythme cardiaque ralentit immédiatement. Si Marion la pensait maboule, elle ne s'esclafferait pas ainsi. Elle ne put retenir la question qui lui brûlait les lèvres.

— Alors, tu vas nous aider ?

Sa petite-fille la dévisagea avec tendresse. Elle n'aurait jamais cru sa grand-mère capable de faire preuve d'autant de folie et d'énergie à son âge. Et même si Marion s'était tout d'abord inquiétée des ennuis que son aïeule pourrait s'attirer, elle se laissa gagner par l'enthousiasme de cette dernière. La voir ainsi pleine de vie et de dynamisme valait bien quelques risques.

— Bien sûr que je vais vous aider, annonça-t-elle d'un ton enjoué. Mais je veux que tu me racontes chaque jour la suite de tes aventures ! Je veux tout savoir. Les réactions des ouvriers, de leur patron, de la police… Et je compte sur toi pour n'omettre aucun détail amusant !

16

« Une ancienne fleuriste, ça aime forcément les fleurs. »

Comme tous les jeudis après-midi, Nicole, Françoise, Chantal et René jouaient à la belote. Leur séance hebdomadaire avait toujours lieu chez le couple, puisqu'ils étaient les seuls à posséder un tapis de cartes. Afin d'épicer les parties, ils misaient de l'argent. Un centime le point. Assez pour mettre un peu de suspense. Trop peu pour vider leur compte en banque. L'équilibre parfait. Aujourd'hui, la fortune souriait à l'équipe féminine : Nicole et Françoise menaient de huit cent soixante-huit points leurs adversaires. Pourtant, Chantal avait sorti l'artillerie lourde. Patte de lapin, trèfle à quatre feuilles et fer à cheval trônaient à ses côtés. Et toutes les trois minutes, elle touchait le bois de la table pour se porter chance. Rien à faire, les défaites s'enchaînaient.

— Ils vont m'entendre, chez Femmes Seniors ! s'emporta-t-elle après que Françoise eut une nouvelle fois coupé sa carte. Quel culot de prétendre que les astres me sourient aujourd'hui. « Vous profitez d'une harmonie de Jupiter et Saturne, tout vous réussit, c'est le moment de tenter de grandes choses. » Tu parles ! J'ai cassé un de mes talons ce matin au marché, mon mixeur est tombé en panne à midi et voilà que maintenant, je perds à la belote. Dès ce soir, je leur adresse un courrier de réclamation. Leur nouvelle astrologue est nulle de chez nulle !

René ricana.

— Tu sais ce que j'en pense, de toutes ces conneries.

Les narines de Chantal palpitèrent et on aurait presque pu distinguer de la fumée s'en échapper.

— Toi, ce n'est pas la peine d'en rajouter, hein ! Sinon j'oublierai de te racheter du whisky demain au supermarché.

Une ride creusa le front de l'ancien instituteur.

— C'est moche, ce que tu fais, bichette, c'est moche, se lamenta-t-il d'un air chagriné.

— Je suis certaine qu'elle ne le pense pas, intervint Nicole. Hein Chantal ?

Elle décocha un regard sévère à sa voisine. Ce n'était pas vraiment le bon moment pour que le couple se dispute. Demain, Marion lui apporterait les os humains à l'heure du déjeuner. Ils devraient les cacher au plus vite, car d'après Mike, le barman, Patrick Chamart et ses employés étaient enfin tombés d'accord sur une augmentation de salaire et la présence d'un gardien de nuit pour sécuriser le chantier. Vigilance des syndicats oblige, ils avaient prévu de formaliser par écrit ce compromis et la signature était planifiée pour le vendredi après-midi. Un vigile risquait donc de débarquer sous peu. Autre événement majeur à affronter : la disparition simulée de Françoise. Ses enfants venaient dîner samedi, ils découvriraient une maison vide et la fugue de leur mère. Autant dire que la fratrie n'allait pas apprécier la surprise et qu'il risquait d'y avoir du grabuge dans le lotissement. Bref, deux grosses journées attendaient le CRLG et ses membres avaient besoin de rester soudés.

Par chance, aussi ronchon qu'elle soit, Chantal n'en gardait pas moins la tête sur les épaules. Elle connaissait aussi bien que Nicole les enjeux qu'ils auraient à affronter son peu.

— Je plaisantais, chéri, annonça-t-elle à son mari avec un soupir résigné. J'ai deux bouteilles de ton whisky préféré d'avance.

Cette nouvelle suffit à rendre le sourire à René.

— Vivement l'apéro, conclut-il en abattant un roi de cœur, les yeux pétillants.

De retour chez elle, Nicole eut à peine le temps de retirer sa veste qu'on sonna à la porte. Elle découvrit avec stupeur Jacques sur son paillasson, un bouquet de pivoines à la main.

— Hum, bonjour Nicole, j'espère que je ne vous dérange pas, articula le septuagénaire d'une voix plus bourrue que d'ordinaire.

Elle resta un instant interdite, détaillant l'attitude gauche de son voisin, qui peinait à la regarder dans les yeux. Elle se ressaisit et déclara d'un ton détaché :

— Mais pas du tout, je rentrais de chez René et Chantal. Que me vaut le plaisir de votre visite ?

Elle ne put s'empêcher de lorgner les fleurs qu'il serrait dans sa main. Il perçut son regard et lui tendit le bouquet.

— C'est pour vous. Je les ai cueillies ce matin. Je jardinais, en ce moment il y a des fleurs partout dans mes parterres. Ça n'en finit plus de pousser, à croire que c'est pire que les mauvaises herbes. Je me suis dit que c'était quand même dommage que personne n'en profite. Et moi je n'ai même pas de vase. Alors bon, voilà, j'ai pensé à vous. Vous avez sûrement un vase. Et puis une ancienne fleuriste, ça aime forcément les fleurs.

Il s'interrompit pour reprendre son souffle, l'air gêné. Nicole le contempla avec amusement. C'était la première fois qu'elle l'entendait prononcer autant de mots d'affilée. Il avait récité ça d'une traite avec un débit trop rapide. Elle se saisit des pivoines et y plongea le nez pour humer leur parfum. Elle redressa la tête et son visage s'éclaira d'un large sourire.

— Merci beaucoup, Jacques, c'est vraiment une charmante attention. Voulez-vous entrer un instant pour boire un thé ?

Le septuagénaire se dandina d'un pied sur l'autre, mal à l'aise.

— Eh bien, ma foi, pourquoi pas. Je suppose que j'ai bien cinq minutes.

Jacques patienta dans le living-room pendant que Nicole s'affairait dans la cuisine. Il en profita pour examiner les photos de famille trônant sur le buffet. Valérie, la fille de Nicole, ressemblait beaucoup à sa mère. Les mêmes yeux bleu-gris, le même visage fin, le même nez droit. Mais contrairement à la vieille dame, la quadragénaire semblait moins avenante. Nicole affichait en permanence une bonne humeur et une joie de vivre contagieuses. Sans parler de sa force de caractère. Elle était en outre parvenue, tout en douceur, à le traîner à leurs réunions du Comité de résistance du lotissement des Genêts, alors qu'il s'était juré de se tenir à distance de ses voisins. Il n'était pas seul dans cette affaire, après tout. Il devait agir au mieux pour préserver la sécurité de Timéo. À cette pensée, l'angoisse commença à le gagner. Il n'aurait jamais dû venir. C'était une erreur. Trop dangereux. Il pivota et se dirigea vers la porte. Il allait prétexter avoir oublié un plat sur le feu pour s'éclipser. Il s'en voulait de mentir ainsi à Nicole, mais c'était la meilleure solution pour tout le monde. Dans d'autres circonstances, il aurait pu apprendre à la connaître. Il appréciait sa compagnie et il n'avait pas ressenti cela depuis sa rencontre avec Marthe, son ex, trente ans auparavant. Mais au regard de sa situation actuelle, il ne pouvait pas se permettre de laisser quelqu'un entrer dans sa vie.

Il faillit percuter Nicole au moment où il franchissait le seuil de la pièce. Les bras encombrés d'un lourd plateau, elle recula vivement pour éviter la collision. Les tasses en porcelaine s'entrechoquèrent et de l'eau s'échappa du bec de la théière, ratant de justesse la peau de ses mains. Elle poussa un cri aigu et Jacques se précipita pour attraper le plateau de crainte qu'elle ne le lâche.

— Je suis navré, je ne voulais pas vous effrayer, s'excusa-t-il d'un ton contrit.

Elle porta la main à son cœur, le visage presque livide.

— Je ne m'attendais pas à vous trouver sur mon chemin, expliqua-t-elle. J'ai été surprise. Vous cherchiez peut-être les toilettes ? C'est la première porte à gauche.

Jacques marqua un temps d'hésitation. Devait-il rentrer chez lui comme il l'avait prévu, alors qu'il venait de ficher une frousse bleue à sa voisine ? Ce serait grossier de sa part. Il prit conscience que Nicole l'observait, attendant sa réponse. Il s'entendit prononcer :

— En fait, je voudrais me laver les mains. J'ai encore de la terre sous les ongles depuis ma séance de jardinage.

Nicole sembla soulagée par cette explication et les commissures de ses lèvres remontèrent légèrement.

— Ah, dans ce cas, c'est la deuxième porte à gauche. Donnez-moi le plateau, je vais l'apporter dans le living-room.

Jacques obtempéra et il se surprit à siffloter pendant qu'il parcourait le couloir jusqu'à la salle de bains.

17

« Il avait fière allure avec son blouson d'aviateur, il ressemblait au chanteur Christophe. »

Nicole se leva d'excellente humeur. Pour une fois, elle avait bien dormi et n'avait pas été dérangée par ces maudites insomnies. La veille, Jacques s'était attardé jusqu'à la tombée de la nuit et bien qu'il ait refusé son invitation à rester dîner, elle ne lui en tenait pas rigueur. Après tout, ils avaient discuté pendant deux heures et pouvoir échanger ainsi avec un autre être humain avait éclipsé le sentiment de solitude qu'elle ressentait souvent le soir. Enfin, à la réflexion, c'était plutôt elle qui avait parlé. Et même monologué. Elle lui avait raconté sa jeunesse dans la campagne bretonne, sa rencontre avec Michel au début des années 1960, alors qu'elle rendait visite à sa tante maternelle à Perclin, son métier de fleuriste qu'elle adorait, sa boutique qu'elle avait tenue jusqu'à sa retraite. Jacques l'avait écoutée, sans jamais l'interrompre, sans jamais se lasser, lui posant parfois des questions, bienveillant, attentif. Et en partant, il lui avait avoué avoir passé une très agréable soirée en sa compagnie. Elle en avait rosi comme une adolescente.

Oui, Nicole était d'excellente d'humeur aujourd'hui. Elle fredonnait une vieille chanson d'Aznavour en épluchant ses pommes de terre pour le déjeuner et même le programme chargé qui l'attendait ne pouvait assombrir son moral. Elle avait rendez-vous avec le CRLG au grand complet, Jacques compris, à quatorze heures. Mais avant, elle allait profiter de sa petite-fille autour d'un bon repas. Deux belles bavettes à l'échalote et des pommes de terre sautées, Marion se régalerait ! Elle se nourrissait mal, cette gamine, avec toutes ces pizzas surgelées qu'elle engloutissait en révisant ses cours.

Le déjeuner était prêt et les patates sautées mijotaient quand Marion sonna à la porte. À la place du traditionnel bouquet de fleurs, elle tendit à sa grand-mère une boîte à chaussures fermée par un gros élastique marron.

— Tu y trouveras un fémur, un tibia et un radius, annonça la jeune fille d'une voix réjouie. Et ils proviennent de trois squelettes différents donc le médecin légiste conclura à la présence de trois corps minimum sous les terrains de Belfroi Immobilier.

Nicole battit des mains.

— Oh, c'est la cerise sur la pièce montée, s'amusa-t-elle en embrassant Marion sur les deux joues.

À peine avait-elle franchi le seuil du living-room que l'étudiante en médecine remarqua les magnifiques pivoines qui débordaient du vase en cristal, au centre de la grande table. Le jardin de sa grand-mère regorgeait de fleurs, mais, à sa connaissance, cette variété ne figurait pas parmi les espèces qui y poussaient.

— Il est joli ton bouquet, mamie.

Nicole fit mine de ne pas noter la curiosité qui perçait dans le commentaire.

— Oui, il est superbe, se contenta-t-elle de répondre tout en continuant de dresser la table.

Marion se mordilla la lèvre supérieure. Elle n'aimait pas se montrer intrusive, mais elle mourait d'envie de connaître la provenance de ces pivoines.

— Tu es passée chez le fleuriste ? demanda-t-elle d'un ton qu'elle espérait détaché.

— Non, on me les a offertes.

La vieille dame déposa deux assiettes sur la table, comme si de rien n'était, comme si la nouvelle était banale, comme si sa petite-fille n'était pas rongée par la curiosité. En réalité, la situation l'amusait beaucoup.

Marion laissa filer cinq secondes, cherchant un moyen subtil d'obtenir une réponse à ses interrogations. Elle n'en trouva aucun. Pourtant, elle devait savoir. Sinon, elle serait incapable de se concentrer sur son cours de biologie moléculaire cet après-midi. Elle se connaissait, elle tournerait et retournerait le sujet dans sa tête toute la journée, échafaudant mille et une hypothèses, explorant chaque théorie jusqu'à s'en griller les neurones. Impossible d'endurer cela. Non, elle devait éclaircir ce mystère. Tant pis pour la subtilité.

— Qui te les a offertes ?

Voilà, c'était amené avec autant de délicatesse qu'un bulldozer pénétrant dans un salon de thé, mais au moins, elle serait fixée.

Nicole ne put réprimer un sourire.

— La curiosité ne fait pas le printemps, ma chérie, répliqua-t-elle d'une voix malicieuse.

— Mamie ! gémit Marion d'un air malheureux. Dis-moi d'où viennent ces fleurs sinon je vais devenir folle !

Le rire de la vieille dame creusa deux larges fossettes sur ses joues.

— C'est un voisin qui me les a apportées.

Les iris bleutés de Marion pétillèrent d'excitation.

— Oh, oh, un voisin ! commenta-t-elle d'un ton chargé de sous-entendus. Comment il s'appelle ? Il est beau ? Tu le connais depuis longtemps ?

Nicole secoua la tête et masqua son amusement sous une mimique contrariée.

— Taratata, pas la peine de te monter le bourrichon. Il a cueilli des pivoines dans son jardin, il n'avait pas de vase, il me les a apportées pour éviter qu'elles ne meurent. Fin de l'histoire.

Elle se garda de préciser qu'ils avaient ensuite passé deux heures à discuter à bâtons rompus et qu'elle conservait un merveilleux souvenir de ce moment.

Sa petite-fille parut déçue. Depuis le temps qu'elle souhaitait trouver un amoureux pour sa grand-mère, l'apparition de ce mystérieux bouquet avait éveillé l'espoir en elle. Elle n'était pas prête à abandonner.

— Mouais, quand même, un homme qui offre des fleurs à une femme, ce n'est pas anodin, déclara-t-elle, les lèvres froncées en une moue sceptique. Tu es sûre qu'il n'aurait pas un petit faible pour toi ?

— Marion, Virginie, Colette ! gronda la septuagénaire le doigt levé. Cesse de dire des âneries. Je suis beaucoup trop vieille pour ce genre d'amourette.

Le visage de la jeune étudiante s'assombrit.

— Mamie, il n'y a pas d'âge pour l'amour. Il n'y a pas d'âge pour avoir le cœur qui bat, les mains moites et l'esprit sur un petit nuage.

Nicole pouffa.

— Te voilà poète maintenant, ma chérie ? Et moi qui pensais que ta génération ne croyait plus au romantisme.

— Ce n'est pas parce qu'on se rencontre sur Tinder qu'on ne croit plus à l'amour, protesta Marion les sourcils froncés.

Sa grand-mère ouvrit des yeux ronds comme des assiettes à soupe.

— Hein ? Tine d'heure ? Qu'est-ce que c'est encore que cette nouvelle invention ?

Marion éclata de rire.

— C'est de l'anglais. Ça s'écrit T-I-N-D-E-R. C'est le nom d'une application mobile qui permet de rencontrer des gens autour de toi. Tu peux sélectionner les profils que te plaisent et si la personne aime ton profil en retour, vous pouvez discuter. Mais le gros avantage de cette application, c'est que tu peux voir les utilisateurs situés à proximité.

— Tu veux dire que ton truc, là, Tinder, il sait où tu es ?

— Oui, ça fonctionne grâce au GPS du smartphone. Tinder te géolocalise et peut donc te signaler les personnes connectées situées autour de toi.

— Enfin, à quoi ça sert ? Tu ne vas pas aller sonner chez eux, quand même ?

Le ton presque outré de sa grand-mère arracha un sourire à Marion.

— Non, mamie, on ne débarque pas chez les gens. Mais c'est super pratique pour être sûr de ne pas discuter avec quelqu'un qui habite à l'autre bout de la France. Ou mieux, pour repérer les utilisateurs qui se trouvent dans le même bar que toi.

La septuagénaire arqua un sourcil perplexe.

— Je ne comprends pas. Quel intérêt d'utiliser un téléphone pour voir les gens qui sont dans le même bar que toi ? Il suffit de lever la tête, de regarder autour de soi et d'aller leur parler.

Marion haussa les épaules.

— Bah, c'est plus facile avec Tinder. Ça évite de se prendre un vent en allant aborder un mec. S'il est inscrit sur Tinder, tu peux vérifier que tu lui plais.

— Pfff, c'est compliqué tout ça, déclara Nicole en secouant la tête. De mon temps, quand un garçon nous plaisait, on lui faisait les yeux doux pour qu'il comprenne le message. C'était quand même plus romantique. C'est d'ailleurs comme ça que j'ai rencontré ton grand-père. Je passais les vacances d'été chez ma tante et pendant le bal du 14 juillet, j'ai aperçu ce beau jeune homme. Il avait fière allure avec son blouson d'aviateur, il ressemblait au chanteur Christophe. Il buvait une bière en compagnie d'un copain. Avec Pauline, ma cousine, on a fait en sorte d'attirer leur attention pour qu'ils nous remarquent. Et ça a marché ! Ils nous ont offert un verre et ensuite ton grand-père m'a invitée à danser un slow. On s'est revus le lendemain et tous les jours suivants. Quand j'ai dû repartir en Bretagne, à la fin des vacances, j'étais très malheureuse. Mais on se téléphonait tous les jours. On s'écrivait aussi. De belles lettres d'amour dont je guettais l'arrivée, le cœur battant et plein d'espoir. Lorsqu'il est venu me rendre visite pour Noël, il a demandé ma main à mes parents. Six mois plus tard, on était mariés.

La voix rêveuse de Nicole et son visage illuminé par l'émotion chamboulèrent Marion et elle sentit les larmes lui mouiller les paupières. Par chance, encore perdue dans ses pensées, la vieille dame ne remarqua pas son trouble. Un sourire flottant sur les lèvres, elle revivait ses années d'amour avec Michel.

C'est vrai que mes rencontres sont moins romantiques, songea Marion avec une pointe d'amertume. *Quelle histoire aurai-je à raconter à mes petits-enfants si je fais la connaissance de leur grand-*

père sur Tinder ? « Je l'ai swipé, il m'a likée, on a matché ? » Elle grimaça à cette idée et décida qu'à l'avenir, elle donnerait plus de chance au réel plutôt que de tout miser sur cette application mobile. Peut-être que si elle s'en accordait les moyens, elle pourrait vivre un vrai coup de foudre, comme sa grand-mère.

18

« Vous avez fait pire que ramper au sol au travers d'une haie en toute illégalité ? »

À quatorze heures précises, les cinq membres du Comité de résistance du lotissement des Genêts se retrouvèrent à l'entrée du jardin de Chantal et René. Une odeur d'herbe coupée émanait de son gazon fraîchement tondu, sur lequel batifolaient ses nains en céramique. Excité par la tâche qui les attendait, René arborait un magnifique complet bleu, symbole de sa bonne humeur du jour.

— Tu nous montres ? demanda-t-il à sa voisine en désignant d'un mouvement du menton la boîte à chaussures blanche qu'elle tenait.

Nicole ôta le gros élastique et souleva le couvercle. Quatre têtes s'inclinèrent pour mieux apercevoir le contenu.

— Il y a un fémur, un tibia et un radius, expliqua-t-elle en se remémorant ce qu'avait dit Marion.

Puis elle interrogea René.

— Tu as les tiens ?

— Ouais, regarde-moi ces beautés.

Il ouvrit le sac en plastique qui ballottait au bout de son bras, dévoilant un enchevêtrement d'os.

— Je les ai mis à bouillir pour enlever le maximum de viande, précisa Chantal. Ensuite Kiki, notre caniche, s'est chargé de terminer le boulot.

— Il a dû se régaler constata Jacques en attrapant un petit os parfaitement rongé.

— Tu as apporté le matériel ? le questionna René.

— Affirmatif. Il est posé là-bas.

Jacques pointa une grosse pelle adossée contre la clôture et une boîte en plastique sur laquelle on pouvait lire le nom d'une grande marque de bricolage.

— Mon vieux, heureusement que t'es équipé. Bon, c'est pas tout ça, mais faut se sortir les doigts du cul si on veut avoir terminé avant la nuit.

Chantal roula des yeux, agacée par le langage de son mari. Elle l'aurait volontiers réprimandé, mais ce matin, madame Irma avait annoncé sur radio Perclin que les Verseaux se montreraient particulièrement bienveillants aujourd'hui. Elle ravala donc sa réplique et se contenta de hocher la tête.

Les deux hommes empoignèrent les outils et le groupe se dirigea vers l'allée bordée de sapins qui longeait l'ancien domicile des Jambin. Ils s'arrêtèrent près de la haie, au niveau du trou à travers lequel s'était faufilé le petit Hugo. Mais cette fois, pas question de solliciter le gamin, la mission n'était pas de son âge. Ils allaient devoir se débrouiller seuls. Jacques ouvrit la boîte qu'il transportait et en sortit un taille-haie. Il fit démarrer l'engin qui émit un vrombissement. Les autres s'écartèrent pour le laisser travailler. Il s'accroupit et commença à élargir le passage dans la haie. Il procédait branche par branche, avec autant de délicatesse que le lui permettait la machine, afin de maîtriser la taille du trou. L'ouverture devait rester discrète, sinon leur supercherie serait découverte. Il appuya sur le bouton d'arrêt, se releva et recula d'un pas pour admirer le résultat. L'espace ainsi dégagé dans la haie, au ras du sol, mesurait une cinquantaine de centimètres de haut et à peu près autant de large. À peine de quoi laisser passer un homme svelte. Afin de dissimuler leur forfait, Jacques avait pensé à tout. Il se déplaça de cinq mètres, ralluma l'engin et coupa une branche au milieu de la haie. Il changea à nouveau d'endroit et en coupa une deuxième. Il renouvela une troisième fois l'opération.

— Et voilà, annonça-t-il en ramassant les végétaux qu'il venait de tronçonner. Quand on aura terminé, on coincera ces branches à l'intérieur du trou pour le masquer. Personne ne verra le passage qu'on a créé.

Au regard de son ancien métier, Jacques s'était porté volontaire pour effectuer la mission. Qui d'autre qu'un prof de sport restait assez souple à soixante-quinze ans pour ramper au sol à travers une ouverture aussi étroite ?

Il entreprit de réaliser quelques étirements pour échauffer ses muscles avant l'effort. René lui donna une grande claque dans le dos.

— Courage, mon pote. Pense à l'apéro de ce soir, ça te motivera.

— Pas de problème, rétorqua Jacques. Ça va aller, j'ai déjà fait bien pire.

— Vous avez fait pire que ramper au sol au travers d'une haie en toute illégalité ? intervint Nicole d'un ton étonné. Il faudra que vous nous racontiez ça.

Jacques se racla la gorge.

— Hum, c'était une façon de parler. Enfin bref, j'y vais. À tout à l'heure.

Il s'allongea par terre, à hauteur du trou et, s'aidant de ses bras, s'y faufila.

Chantal coula un œil en direction du ventre proéminent de son mari.

— Ce n'est pas toi et ta bedaine qui pourriez faire la même chose, constata-t-elle d'une voix teintée de déception.

— Bah ouais, t'as pas épousé Rambo, bichette, s'esclaffa René en tapant sur sa panse, un sourire jusqu'aux oreilles.

Entre le corps d'athlète et le whisky, il fallait choisir et René avait choisi. Il affichait un copieux embonpoint depuis ses quarante ans, mais s'en fichait royalement, du moment qu'il pouvait siroter chaque soir son apéritif préféré. Il avait déjà accompli l'exploit d'arrêter de fumer, il n'allait quand même pas se priver de tout. À quoi bon vivre centenaire si c'était pour ne pas profiter de l'existence ? Et, pour profiter, il profitait. Du pâté, du saucisson, du fromage, du pain, du beurre, de la viande. Sans compter la confiture, les gâteaux, les viennoiseries, les confiseries. Son cholestérol était dans le rouge et sa glycémie jouait aux montagnes russes. Mais quand la grande faucheuse se pointerait, il n'aurait pas de regrets. Il aurait savouré chaque seconde de son passage sur Terre.

La voix de Jacques leur parvient à travers la haie.

— C'est bon, j'y suis. Vous me passez la pelle et les os ?

René glissa la pelle à travers l'ouverture, puis la boîte à chaussures et le sac que lui avait donnés le boucher.

Jacques se mit aussitôt à la tâche. Les Jambin avaient planté un vaste potager, aujourd'hui à l'abandon, mais la zone était parfaite pour creuser en toute discrétion. Il lui fallut une heure pour réaliser trois trous, éloignés de deux mètres les uns des autres. Il y déposa le tibia, le radius et plusieurs ossements d'animaux, avant de reboucher.

Il retourna à côté de la haie pour informer ses complices que l'étape une du plan était accomplie. L'étape deux serait plus facile. L'ancienne propriété des Jambin n'était séparée du terrain d'à côté que par une rangée d'arbres. Il n'eut donc aucune difficulté pour s'y introduire. Il creusa deux nouveaux trous dans des parterres et ensevelit le reste des os. Il rejoignit ses voisins par le même chemin qu'à l'aller. Lorsqu'il émergea de la haie, son survêtement était couvert de terre et de poussière et plusieurs feuilles s'étaient coincées dans ses cheveux. Il épousseta tant bien que mal son pantalon et passa ses doigts dans sa chevelure pour déloger les débris de végétaux. Ses quatre nouveaux amis le félicitèrent chaudement.

— Et si on allait au restaurant ce soir pour fêter ça ? proposa Nicole d'une voix pleine d'enthousiasme.

— Oh quelle bonne idée ! approuva Françoise. D'autant qu'à partir de demain soir, je serai supposée avoir disparu, alors plus de sorties pour moi.

— Ma foi, pourquoi pas ? répondit Chantal. On pourrait aller à l'auberge de La Gabruyère, leur entrecôte est délicieuse.

— Une putain de tuerie, confirma son mari.

Nicole tapa dans ses mains, emballée par la belle soirée qui se profilait.

— On se retrouve à dix-neuf heures là-bas ? Je réserverai la table à mon nom.

Elle parcourut le groupe du regard pour obtenir leur approbation. Ses yeux s'arrêtèrent sur Jacques dont le visage chiffonné tranchait avec la bonne humeur ambiante.

— Ce n'est pas possible pour moi, désolé, maugréa-t-il en fixant ses pieds.

— Ah non, vous n'allez pas nous laisser tomber ! gronda Nicole sur le ton de l'humour. Vous êtes le héros du jour, vous devez être là. Pas de discussion.

Mais sa remarque ne dérida pas l'ancien professeur de sport. Il releva la tête et la contempla de ses iris encore plus sombres qu'à l'accoutumée.

— J’ai dit non, articula-t-il d’une voix froide. N’insistez pas.

Il tourna les talons et ses voisins, médusés, l’observèrent s’éloigner à grandes enjambées. Nicole cligna des paupières pour chasser les larmes qui menaçaient de jaillir. Elle se sentait humiliée d’avoir été rabrouée ainsi. Dire qu’hier, ils avaient passé un si bon moment. Elle se traita d’idiote. Comment avait-elle pu croire un instant que ce grossier personnage appréciait sa compagnie ?

19

« Il ressemblait à une chouette affublée d'un début de calvitie. »

Comme prédit par Chantal et René, l'auberge de La Gabruyère servait une viande excellente, cuite au feu de bois. Avant d'être transformée en restaurant, la bâtisse était une vieille ferme en ruine, typique de la région, avec ses belles poutres apparentes, son immense cheminée en pierre et ses dalles anciennes. Les nouveaux propriétaires l'avaient entièrement rénovée, mais avaient su garder l'âme du lieu et les attributs qui lui procuraient son charme. Malgré la qualité de la nourriture et l'atmosphère conviviale, Nicole dut fournir de gros efforts pour chasser Jacques de ses pensées et se concentrer sur le repas avec ses amis. Elle parvint à donner le change et, le vin et la bonne humeur de ses voisins aidant, elle finit même par s'amuser et oublier les récents événements.

Le samedi, elle décida qu'elle ne laisserait pas un vieux grognon saper son moral et s'interdit de songer à lui. Entre les courses au supermarché, le ménage, la lessive et le repassage, Nicole n'arrêta pas une seconde et la journée passa à une allure folle. Elle déploya une énergie considérable pour s'occuper et empêcher son cerveau de penser. La stratégie fonctionna. Malheureusement, à son âge, elle ne pouvait pas s'agiter comme une pile électrique en permanence. En début de soirée, au bord de l'épuisement, elle se résolut à s'installer dans son canapé pour regarder *Questions pour un champion*. Au moins, les questions posées par l'animateur aux candidats devraient lui éviter de ressasser l'épisode de la veille. La première manche venait de se terminer quand on sonna à la porte. Le visage de Jacques surgit dans son esprit. Elle se réprimanda pour cet accès de mièvrerie et partit ouvrir. Sur le perron, Françoise, une valise à la main, la salua. L'octogénaire fronça les sourcils en apercevant le mouvement de surprise de Nicole.

— Tu as oublié que mes enfants viennent dîner aujourd'hui ?

Nicole pinça les lèvres en une mimique navrée.

— Il faut croire qu'Alzheimer me guette, ma pauvre amie, parce que cela m'était complètement sorti de l'esprit. Mais entre, je t'en prie, tu ne vas pas rester dehors. Donne, je vais te débarrasser.

Nicole accrocha l'imperméable de sa voisine sur le portemanteau et l'aida à transporter son bagage jusqu'au living-room.

— J'ai préféré prendre mes affaires de toilette et une chemise de nuit, expliqua Françoise en prenant place sur le sofa. D'une part, cela paraîtra plus crédible si l'un de mes enfants a l'idée de fouiller la salle de bains. Et d'autre part, si jamais ils décidaient de passer la nuit ici, je pourrais dormir chez toi. Enfin, si tu es d'accord, bien sûr.

— Quelle question ! s'exclama Nicole en levant les yeux et les épaules au ciel. Évidemment que tu peux rester. Je te préparerai la chambre d'amis. En attendant, veux-tu boire quelque chose ?

Les iris de la vieille dame pétillèrent.

— Ma foi, je ne dirai pas non à un petit porto si tu m'autorises à fumer ma pipe.

Elles regardèrent ensemble la fin de *Questions pour un champion*, jouant à deviner les réponses avant les candidats. Sans beaucoup de succès toutefois. Lorsque le générique de fin apparut à l'écran, Nicole se leva.

— Je vais mettre ta valise et ton imperméable dans ma chambre. Il est presque dix-neuf heures, tes enfants ne vont plus tarder et ils risquent de sonner ici en découvrant ta maison déserte.

Nicole connaissait bien la fratrie. Les gamins jouaient avec Valérie dans le temps et ils avaient passé de nombreux après-midi à s'amuser tous les quatre dans son jardin après l'école.

— Tu as raison, approuva Françoise. Et je ferais mieux de me cacher aussi. Je me déplace si lentement que mes enfants trouveront bizarre qu'il te faille autant de temps pour ouvrir la porte.

L'octogénaire s'installa donc sur le lit de sa voisine avec un magazine. Pendant ce temps, Nicole mit la table, pour une personne, et se prépara à manger. Elle aurait préféré dîner avec son amie, mais c'était un risque qu'elles ne pouvaient pas courir. Elle apporterait une part de quiche à Françoise tout à l'heure. Elle alluma une bougie parfumée pour masquer l'odeur de tabac qui persistait malgré la fenêtre ouverte.

Vers dix-neuf heures trente, trois coups de sonnette retentirent. La main sur la poignée, Nicole prit une profonde inspiration. C'était maintenant que tout allait se jouer, pourvu qu'elle soit à la hauteur. Elle ouvrit la porte.

— Oh, Antoine, Mathias et Émilie ! s'exclama-t-elle, la bouche arrondie pour mimer l'étonnement. Quelle surprise !

— Bonsoir Nicole, tu sais où est maman ? demanda la fille de Françoise d'une voix chargée d'angoisse.

Nicole ressentit un picotement de culpabilité au creux de la nuque. La pauvre femme paraissait morte d'inquiétude. Elle la connaissait depuis sa plus tendre enfance et s'en voulut de lui infliger cette épreuve. Et puis elle se rappela qu'aussi charmante soit-elle, Émilie s'apprêtait à enfermer sa mère contre son gré dans une maison de retraite. Alors, elle écarquilla les yeux et poursuivit son show.

— Pas du tout, elle n'est pas chez elle ? s'enquit la septuagénaire de son ton le plus innocent.

— Elle ne répond pas, intervint Mathias, l'aîné. Et impossible d'entrer, elle a posé un nouveau verrou.

— Ah oui, elle m'en a parlé. Avec tous ces travaux dans le voisinage, elle avait peur de se faire cambrioler. Mais j'ai un double des clés. On peut aller voir si vous voulez.

Émilie se tordit les doigts.

— Pourvu qu'il ne lui soit rien arrivé.

— Mais non, mais non, je suis certaine qu'elle va bien, la rassura Nicole en lui posant une main réconfortante sur l'épaule. Elle a sans doute dû s'absenter.

Antoine, le benjamin, fronça les sourcils.

— Le soir où on doit dîner tous ensemble ? Si c'est le cas, elle perd carrément la boule. Il est urgent de la faire admettre en maison de retraite.

Des trois, c'était celui que Nicole appréciait le moins. Un caractère dur, un tempérament colérique et une absence d'empathie. Il ne s'était pas arrangé en vieillissant. Même son physique trahissait sa personnalité, avec sa silhouette sèche, ses lèvres pincées, son nez busqué et son regard froid derrière ses lunettes en écaille. Il ressemblait à une chouette affublée d'un début de calvitie.

— Je vais chercher les clés, répliqua-t-elle d'un ton glacial.

La demeure de Françoise était plongée dans l'obscurité. L'allumage automatique du perron se déclencha sur leur passage. Nicole ouvrit l'une après l'autre les trois serrures. Elle s'effaça pour laisser entrer la fratrie. Émilie s'engouffra la première dans la maison.

— Je fouille le rez-de-chaussée avec Antoine, toi tu t'occupes de l'étage, ordonna-t-elle à son frère.

Un bref coup d'œil dans la cuisine, le salon et la salle à manger lui suffit pour deviner que les lieux étaient déserts. Elle vérifia les toilettes par acquit de conscience pendant qu'Antoine descendait examiner le sous-sol. Quelques minutes plus tard, les trois enfants de Françoise retrouvèrent Nicole dans le salon.

— Où a-t-elle bien pu passer ? grogna Antoine.

— Je n'ai trouvé ni son imperméable ni son sac à main, remarqua Émilie. Pourquoi serait-elle sortie à cette heure, alors qu'elle savait qu'on venait dîner ?

— Elle perd la boule, j'te dis !

— Ta gueule, Antoine ! le rembarra Mathias.

Nicole, qui jusqu'ici était restée silencieuse, jugea préférable de s'en mêler.

— Allons les enfants, du calme. Ce n'est pas le moment de vous disputer. Vous avez essayé de l'appeler sur son portable ?

Émilie hocha la tête, l'air sinistre.

— Oui, j'ai téléphoné à plusieurs reprises, mais je tombe sur la messagerie. Mon Dieu, j'espère qu'elle n'a pas eu un accident. On devrait peut-être prévenir la police ?

Un silence accueillit sa proposition. Matthias le rompit au bout d'une dizaine de secondes.

— Attendez, qu'est-ce que c'est que ça ?

Il désigna une enveloppe blanche posée au milieu de la table basse.

Enfin ! pensa Nicole. Elle commençait à désespérer que quelqu'un la remarque.

Émilie se précipita. Sur le dos de l'enveloppe, Françoise avait inscrit « Pour mes enfants ». Elle la décacheta avec tant d'empressement que le papier lui entailla la peau. Elle déplia une feuille noircie de l'écriture tremblante de sa mère et entama la lecture à voix haute.

Mes chers petits,
À l'heure qu'il est, vous avez dû constater ma disparition. Je suis navrée de ne pas pouvoir honorer le dîner en famille que nous avions prévu, mais vous ne m'avez pas laissé d'autre choix. Vous avez décidé que ma place était dorénavant en maison de retraite, loin de chez moi, loin de mes amis, loin du lieu qui vous a vus grandir et où j'ai vécu si heureuse avec votre père. Je refuse de quitter cette maison qui m'est chère. Je refuse d'abandonner mes amis fidèles. Je refuse cette fin de vie que vous avez écrite sans me consulter. Ma place est ici, où j'ai toujours vécu. Je ne sais pas combien d'années il me reste, mais je sais une chose : je veux les passer chez moi, pas au milieu d'inconnus.
J'ai donc décidé de partir. Si je dois quitter ma maison adorée, autant que ce soit de mon plein gré et pour un lieu que j'aurai choisi. Ne vous inquié-

tez pas, j'ai encore toute ma tête (même si vous semblez convaincus du contraire), je sais m'occuper de moi, il ne m'arrivera rien. Cela me déchire le cœur de vous abandonner et de m'éloigner de mon domicile, pourtant je préfère cela plutôt que mourir à petit feu en maison de retraite.
Je vous embrasse bien fort.
Votre maman qui vous aime.

Émilie releva les yeux, les joues inondées de larmes. Elle se laissa choir dans le canapé.

— Nous sommes des monstres, sanglota-t-elle, la voix étranglée par l'émotion. Je savais que cette histoire de maison de retraite était une mauvaise idée.

Mathias s'assit à côté de sa sœur et passa un bras autour de ses épaules.

— Au moins, on sait qu'elle va bien, déclara-t-il d'un ton triste. Si seulement elle nous avait parlé de tout ça avant de partir.

Nicole ne put se retenir d'intervenir. Hors de question que ces trois garnements réécrivent l'histoire.

— Elle a essayé, leur rappela-t-elle.

Les trois enfants tournèrent la tête vers elle, comme s'ils avaient oublié sa présence. Émilie soupira.

— Oui, c'est vrai, mais nous n'avons pas écouté.

— Normal, tous les vieux disent ça, s'emporta Antoine avec un large mouvement du bras. Tu en connais beaucoup, toi, qui veulent partir en maison de retraite ?

Il marqua une pause et comme personne ne répondait, il continua.

— C'est pour son bien qu'on a décidé ça. Et vous étiez d'accord. Depuis son accident, elle se déplace avec difficulté. Qui nous dit que la prochaine fois qu'elle tombera, elle ne se brisera pas la nuque ? Sans compter que sa fichue chambre est à l'étage. Elle va finir par dégringoler dans les escaliers. Ça vous plairait de retrouver son cadavre à votre prochaine visite ?

Sa sœur étouffa un nouveau sanglot.

— C'est bon, Antoine, on a compris, déclara Mathias d'un ton las. Les choses ne sont pas simples, c'est vrai. On pensait que c'était la bonne solution. Mais on a l'air malin, maintenant. Qu'est-ce qu'on va faire ?

Le fils cadet de Françoise prit place à son tour sur le sofa, les épaules voûtées.

— Je ne sais pas, admit-il d'une voix moins assurée. Je n'en sais foutrement rien.

20

« Si elle dévoilait ce genre de détails, elle était bonne pour un aller simple en maison médicalisée, spécialité Alzheimer. »

Une fois de retour chez elle, Nicole raconta à Françoise la fouille de la maison, l'émotion d'Émilie et Mathias, la colère d'Antoine.

— Émilie et Mathias ont toujours été les plus sensibles, commenta l'octogénaire. Quant à Antoine, il dissimule ses sentiments derrière sa mauvaise humeur, mais au fond, c'est un bon garçon. Je culpabilise de leur infliger ça. Mes pauvres petits.

Les deux vieilles dames dégustaient une tisane à la camomille dans le salon. Nicole posa une main sur les genoux de son amie.

— Je sais que c'est difficile. Mais n'oublie pas pourquoi tu agis ainsi. C'est ton avenir qui est en jeu. J'ai senti ta fille et ton aîné sur le point de renoncer à cette affreuse idée de maison de retraite. Mais Antoine tient bon et pour l'instant, son emprise sur son frère et sa sœur ne se relâche pas.

Françoise poussa un soupir malheureux.

— J'espère qu'ils finiront par entendre raison. Je n'ai pas envie de vivre cachée jusqu'à la fin de mes jours.

— Allons, allons, il est bien trop tôt pour penser à ça, décréta Nicole en lui tapotant l'épaule. Rien ne sert de pleurer, il faut agir à point.

Sa voisine releva les yeux vers elle.

— Tu es sûre que ce n'est pas « Rien ne sert de courir, il faut partir à point » ?

— Pas du tout. Les proverbes, ça me connaît. Celui-là veut dire qu'il vaut mieux passer à l'action plutôt que de se lamenter sur un événement qui n'est pas encore arrivé. Tu vois que c'est une maxime pleine de bon sens.

Devant la détermination de son amie, Françoise se garda de lui signaler que l'expression originale, qu'elle avait comme d'habitude déformée à sa manière, émanait d'une fable de Jean de La Fontaine, *Le Lièvre et la Tortue*, et n'avait aucun rapport avec la signification que Nicole lui attribuait. La doyenne du lotissement des Genêts avait compris depuis belle lurette qu'il ne servait à rien de contredire Nicole quand il s'agissait de ses proverbes. Elle se contenta donc d'acquiescer et de terminer sa tasse d'infusion.

— Maintenant que mes enfants sont partis, je ne vais pas te déranger plus longtemps, je peux réintégrer ma maison.

— Ils m'ont demandé mon double des clés, la prévint Nicole en la raccompagnant jusqu'à la porte.

— Je m'en doutais, mais grâce à l'alarme extérieure et au nouveau verrou, j'aurai le temps de m'éclipser s'ils reviennent.

Le lendemain matin, Nicole reçut un appel de Valérie. Après avoir discuté de sujets sans intérêt – la météo, le pic de pollution à Paris et la hausse du prix de l'essence –, sa fille lui annonça le réel objet de son coup de fil. Elle comptait venir passer quelques jours chez sa mère à l'occasion du pont de l'Ascension.

— Avec grand plaisir, ma chérie, se réjouit Nicole. Nous pourrons faire de longues marches, comme tu aimes. À cette période de l'année, la campagne est magnifique.

Valérie marqua un temps d'hésitation.

— Bonne idée, maman. Et je me disais qu'on pourrait aussi en profiter pour aller visiter les maisons de retraite.

Nicole en resta muette. Elle ne s'était pas attendue à ce coup bas. Elle resserra ses doigts autour du combiné et tenta de maîtriser le tremblement dans sa voix.

— Ce ne sera pas la peine, ma chérie, je me porte comme un charme.

Elle entendit un soupir à l'autre bout de la ligne.

— Allons, maman, ne sois pas têtue. Tu ne vas pas pouvoir vivre indéfiniment toute seule. Et avec ce promoteur qui veut racheter la maison à bon prix, c'est l'occasion où jamais. Avec l'argent que tu tireras de la vente, on pourra te trouver une belle résidence pour personnes âgées, avec une grande chambre. Et qui sait, peut-être même qu'on dénichera un petit appartement, comme ça, tu pourras conserver ton indépendance tout en étant entourée d'employés aux petits soins pour toi.

Le ton de sa fille vibrait d'un enthousiasme surjoué. Elle avait toujours été mauvaise actrice et le résultat, loin de convaincre Nicole, la propulsa soixante-dix ans en arrière. Soudain, elle avait cinq ans et ses parents lui promettaient monts et merveilles si elle restait sage pendant que le docteur lui faisait une piqûre. Pourquoi les jeunes se croyaient-ils obligés de parler aux vieilles personnes comme si elles étaient retombées en enfance ? Comme si elles étaient trop stupides pour flairer la supercherie derrière leurs belles paroles ?

Nicole ravala la bile qui remontait dans sa gorge et sentit l'exaspération la gagner. Elle n'était pas gâteuse, elle pouvait encore décider de son avenir toute seule.

— C'est très gentil à toi, ma chérie, de te soucier de tout ça, commença-t-elle d'une voix doucereuse. Mais je n'ai aucune intention de déménager.

Elle pouvait deviner, à cinq cents kilomètres de là, Valérie lever les yeux au ciel.

— Enfin, maman, tu te vois habiter dans le lotissement avec un supermarché devant ta porte ? Ce n'est pas raisonnable. D'autant que maintenant, les grandes surfaces ouvrent même le dimanche matin. Tu pourras dire adieu à ta tranquillité.

— Il n’y aura pas de supermarché, riposta Nicole, pour la simple et bonne raison que Belfroi Immobilier laisse tomber son projet.

— Ah bon ? s’étonna Valérie. Marion m’a pourtant dit que les travaux commençaient lundi.

Nicole jura intérieurement. Elle ne pouvait pas révéler à sa fille qu’elle et ses voisins avaient attaqué une guerre de tranchées avec le promoteur, dans laquelle tous les coups étaient permis, y compris enterrer des os humains sur le chantier. Non, si elle dévoilait ce genre de détails, elle était bonne pour un aller simple en maison médicalisée, spécialité Alzheimer. Elle toussota pour gagner du temps.

— Belfroi Immobilier a des difficultés financières, mentit-elle avec assurance. René le tient de son ami Pierre, le patron du Crédit général. D’ici trois mois tout au plus, il aura mis la clé sous la porte. Son projet de supermarché ne verra jamais le jour. La banque a prévu de saisir les terrains pour éponger les dettes du promoteur. J’aurai donc bientôt de nouveaux voisins, tout ce qu’il y a de plus normaux.

À son tour de feindre l’enthousiasme. Mais elle était devenue experte dans ce genre de comédie et Valérie goba ses affabulations.

— Je suppose que dans ce cas, il n’y a pas d’urgence à te trouver une maison de retraite.

Elle laissa passer deux secondes avant de poursuivre.

— Mais tu sais, maman, ce n’est que reculer pour mieux sauter. Toi qui adores les proverbes, tu vois sans doute ce que je veux dire. Tu ne pourras pas rester seule dans cette grande maison bien longtemps. Comment te débrouilleras-tu quand tu ne pourras plus conduire ? Le moindre commerce est à cinq kilomètres. Fais-moi plaisir et promets-moi d'y réfléchir, d'accord ?

Non, pas d'accord ! fulmina intérieurement Nicole dont la tension nerveuse atteignait des sommets. Néanmoins, elle savait que s'opposer à sa fille de façon frontale ne servirait qu'à envenimer la situation. Elle opta pour une stratégie différente.

— Excuse-moi, ma chérie, on sonne à la porte, il faut que je raccroche. Je t'embrasse.

Et sans laisser le temps à sa progéniture de protester, elle coupa la communication.

21

« C'est inhumain de jouer avec les sentiments des gens comme ça ! »

Nicole passa une très mauvaise journée. Elle n'avait jamais aimé les dimanches. Pas de commerces, pas de facteur, pas de *Questions pour un champion*. À part *Tout un programme*, l'émission de Sandrine Denis, son animatrice télé favorite, rien de bien n'arrivait jamais le dimanche. D'ailleurs, le coup de téléphone de sa fille prouvait la véracité de sa théorie. Le dimanche était un jour noir. Et pour couronner le tout, aujourd'hui il pleuvait à verse, impossible de mettre le nez dehors pour une balade dans la campagne. D'épais nuages noirs obscurcissaient l'atmosphère, plongeant sa maison dans une semi-pénombre, et les gouttes d'eau noyaient ses carreaux sous leurs assauts. Cette maudite journée revêtait des allures de fin du monde et le moral de Nicole s'écrasait dans ses chaussettes.

À dix-sept heures, la pluie s'arrêta enfin et, prise d'une impulsion subite, elle chaussa une paire de bottes, enfila son imperméable et sortit de chez elle. Elle remonta la côte jusqu'à la haute clôture en PVC gris et lorgna d'un œil noir le visiophone. Elle ressassait sa mauvaise humeur depuis trop longtemps, elle devait extérioriser sa colère. Et qui de mieux que Jacques pour cet exercice ? Ce goujat qui l'avait rudoyée vendredi, ce rustre qui soufflait le chaud et le froid, ce malotru qui obsédait ses pensées.

Elle pressa le bouton d'appel d'un doigt rageur et le laissa appuyé plus que nécessaire. Elle se réjouit d'entendre la voix courroucée de Jacques dans le haut-parleur. Ah, il voulait la guerre ? Il allait l'avoir. Lorsqu'elle s'annonça, le ton de son voisin s'adoucit et il lui répondit qu'il arrivait. Une nouvelle fois, Nicole se demanda ce qu'il pouvait bien planquer dans cette baraque pour se montrer aussi méfiant envers ses visiteurs. Il avait dévalisé une banque ou quoi ? Elle entendit le bruit d'une porte et crut percevoir de la musique, de celles qu'écoutent les jeunes d'aujourd'hui. Mais peut-être son cerveau en ébullition lui jouait-il des tours.

Le portail s'entrebâilla et Jacques apparut. Le septuagénaire la referma aussitôt derrière lui. Malgré la fraîcheur ambiante, il ne portait qu'un léger pull en coton beige sur un pantalon de toile bleu.

— Bonjour Nicole, comment allez-vous ?

Ses yeux noirs brillaient et un sourire avenant éclairait son visage.

— Parce que maintenant, vous vous souciez de moi ? rétorqua Nicole d'une voix sèche sans prendre la peine de le saluer.

À la plus grande joie de la vieille dame, Jacques tressaillit. Il ouvrit la bouche pour répliquer, mais elle ne lui en laissa pas le temps.

— À quoi cela rime-t-il de m'apporter des fleurs ? À quoi cela rime-t-il de passer des heures à discuter ? À quoi cela rime-t-il de prétendre passer une bonne soirée en ma compagnie ?

Elle s'interrompit et braqua un doigt accusateur vers sa poitrine.

— Jacques Carlier, vous n'êtes qu'un fichu menteur !

Les épaules de l'ancien prof de sport se voûtèrent et son visage se chiffonna en une expression meurtrie.

— Je ne mentais pas, affirma-t-il, un éclair éphémère de tristesse dans les yeux.

Nicole serra les poings si fort qu'elle sentit ses ongles s'enfoncer dans sa chair.

— Alors, pourquoi m'avoir si mal parlé vendredi ? Pourquoi avoir refusé de nous accompagner au restaurant ? Je me portais très bien avant de vous connaître, je ne vous ai rien demandé. C'est vous qui avez débarqué chez moi avec vos pivoines, votre sourire et votre gentillesse, et maintenant vous me traitez comme une paria ! C'est inhumain de jouer avec les sentiments des gens comme ça !

— Vous avez des sentiments pour moi ?

— Évidemment, qu'est-ce que vous croyez, j'ai un cœur, moi !

Nicole s'apprêtait à poursuivre en le traitant de vieux fou, mais n'en eut pas le loisir. En l'espace d'une seconde, Jacques se rapprocha tant qu'elle se trouva nez à nez avec son torse. Il prit son menton entre ses doigts et la força à lever la tête. Elle plongea dans ses yeux sombres et son cœur rata un battement. Comme au ralenti, elle vit le visage de Jacques se pencher vers le sien et avec une infinie délicatesse, il effleura ses lèvres d'un léger baiser. Oubliant sa rancune, oubliant les travaux, oubliant même la maison de retraite, Nicole ferma les paupières et lui rendit son baiser. Leur étreinte ne dura qu'un instant, mais elle avait la saveur sucrée du miel, le parfum frais d'un soir d'été, la douceur d'une caresse sur la peau.

— Je suis navré si je vous ai blessée, murmura Jacques. Ce n'était pas mon intention.

Nicole recula d'un pas pour pouvoir étudier son expression. Il paraissait sincère.

— Pourquoi vous comportez-vous de façon aussi bizarre ? l'interrogea-t-elle. Je pense que j'ai le droit de comprendre.

Il passa les doigts dans ses épais cheveux blancs, tout en grimaçant.

— Croyez-moi, il vaut mieux que vous ignoriez tout. J'ai sans doute commis une erreur, je n'aurais pas dû me rapprocher de vous. Mais je n'ai pas pu résister à votre caractère pétillant et à votre joie de vivre.

Nicole planta les mains sur ses hanches et le foudroya du regard.

— Ah, non ! Vous n'allez pas recommencer ! Quoi que vous cachiez, je veux le savoir et nous affronterons la situation ensemble.

— J'apprécie votre réaction, déclara Jacques avec un sourire attendri. Et je suis certain que vous êtes sincère. Mais pour votre propre sécurité, vous devez rester en dehors de tout ça.

Les joues de Nicole se marbrèrent de rouge. Le front plissé par l'agacement, elle se récria.

— Je vous préviens, si vous ne m'expliquez pas immédiatement ce qui se passe, je rentre de force dans votre fichue baraque, aussi sécurisée soit-elle.

Sa détermination arracha un rire à Jacques.

— Je vous en crois tout à fait capable, en effet. J'ai déjà eu l'occasion de remarquer que lorsque vous avez une idée en tête, rien ne vous arrête et c'est ce qui fait votre charme.

Cette fois, la bouffée de chaleur qui envahit Nicole n'avait rien à voir avec la colère.

— Je, euh, bafouilla-t-elle en perdant ses moyens.

Puis elle se ressaisit, avala sa salive pour réhydrater sa gorge sèche et se lança dans une nouvelle tentative.

— Écoutez, Jacques, je vous apprécie beaucoup, c'est vrai. Mais j'ai passé l'âge de me laisser mener en bateau par un homme. Alors soit vous me révélez ce que vous me cachez, soit tout est terminé entre nous.

La vieille dame se sentit un peu ridicule de cette tirade digne d'un film d'amour à l'eau de rose. D'autant qu'il n'y avait rien eu entre eux à part ce léger baiser. Mais à la lueur d'inquiétude qui traversa les yeux de Jacques, elle sut qu'il avait compris le message. Il poussa un soupir.

— Je suppose que je n'ai aucune chance de vous convaincre de changer d'avis ?

— Pas la moindre chance, confirma Nicole, bras croisés sur la poitrine.

— Très bien, suivez-moi.

Il ouvrit le portail et la laissa entrer.

22

« À cœur âgé rien d'impossible. »

Derrière la clôture, Nicole découvrit une allée pavée au milieu d'une petite pelouse bordée de parterres fleuris.

— Le reste du terrain se trouve de l'autre côté de la maison, expliqua Jacques en la menant jusqu'au perron.

Il se tourna vers elle. Son visage reflétait un sérieux qu'elle ne lui connaissait pas.

— Ce que vous allez voir doit rester strictement confidentiel, la prévint-il d'un ton grave.

— Vous pouvez compter sur ma totale discrétion, l'assura Nicole dont le cerveau commençait à s'emballer.

Elle s'imagina pénétrer dans un temple de l'armement, vestige des activités illicites d'un ancien parrain de la mafia. Ou tomber sur un stock de cocaïne destiné à arrondir les fins de mois de son étrange voisin. Son sang se figea dans ses veines face à ces scénarios rocambolesques. Dans quoi avait-elle mis les pieds ?

Jacques tourna la poignée de la porte, révélant un hall des plus classiques. Paillasson, portemanteau, miroir, armoire à clés. Rien d'illégal là-dedans et Nicole ressentit un pincement de déception face à cette banalité. Ils gagnèrent une vaste pièce composée d'un espace salle à manger sur la gauche et d'un salon sur la droite. Le lieu était propre, quoiqu'assez mal rangé. Plusieurs magazines encombraient le sofa et un puzzle à peine commencé occupait la grande table recouverte d'une nappe en tissu à pois. À travers les carreaux, elle aperçut le reste du jardin. Le gazon fatigué aurait eu besoin d'un sérieux regarnissage et elle se demanda pourquoi son propriétaire le laissait dans un tel état, alors que les plantations à l'avant de la maison étaient aussi soignées. Jacques l'invita à prendre place sur le canapé et ressortit. Il se posta au pied de l'escalier menant à l'étage.

— Timéo, tu peux descendre une seconde ?

Le rythme cardiaque de Nicole enclencha la vitesse supérieure. Son voisin avait donc un complice. Peut-être s'agissait-il du revendeur chargé d'écouler ses stocks de cocaïne. Ou d'un garde du corps. Un bruit de cavalcade parvint à ses oreilles. Elle retint sa respiration.

— Je vous présente Timéo, lui annonça Jacques d'un ton solennel en revenant dans la pièce.

Il s'effaça pour laisser entrer un adolescent. Treize ou quatorze ans tout au plus à en juger par sa taille et son visage à la peau couleur caramel qu'éclairaient deux yeux pétillants de malice.

— Bonjour madame, déclara le jeune garçon.

La bouche de Nicole s'arrondit sous l'effet de la surprise.

— Bonjour, balbutia-t-elle.

— Je peux remonter dans ma chambre ? demanda l'adolescent à Jacques. Je suis en pleine partie de *Call of Duty*.

— Oui, file, acquiesça le septuagénaire en lui ébouriffant les cheveux.

Timéo grimpa l'escalier aussi vite qu'il l'avait descendu et claqua la porte de sa chambre derrière lui.

— La fougue de la jeunesse, commenta Jacques en prenant place dans un fauteuil de style anglais en cuir marron.

Le cerveau de Nicole surchauffait sous les questions provoquées par cette rencontre inattendue. Sa curiosité prit le pas sur la bienséance.

— C'est votre fils ? Pourquoi nous l'avoir caché ? Et pourquoi ne le voit-on jamais sortir de chez vous ?

Le rire de Jacques résonna dans la salle de séjour. Il leva les bras, paumes ouvertes.

— Doucement, une question à la fois, sinon on n'y arrivera jamais. Commençons par la première. Non, Timéo n'est pas mon fils. C'est un orphelin que j'ai recueilli. Après le décès de son père, sa mère l'a abandonné à l'assistance publique. Le pauvre petit n'avait que trois ans.

Nicole s'était attendue à tout, sauf à ça. Elle s'obligea à maîtriser son impatience et se pencha vers son interlocuteur, pressée d'entendre la suite de son histoire.

— Il a été trimballé de famille d'accueil en famille d'accueil, ballotté comme un fardeau dont personne ne veut. Je l'ai rencontré il y a deux ans. Je donnais des cours de basket aux jeunes du quartier et Timéo venait chaque semaine assister à mes leçons. C'est un gamin vif et sensible et je me suis rapidement attaché à lui. De son côté, je pense que je lui rappelais le père qu'il n'avait jamais connu. Un jour, j'ai remarqué qu'il jouait bizarrement. Quand on lui passait le ballon, il grimaçait en l'attrapant. Je l'ai interrogé et il a fini par me montrer l'énorme hématome qui ornait son bras. Le couple chez qui il habitait le battait. Je lui ai demandé pourquoi il n'en parlait pas à l'assistante sociale. Son regard triste et résigné m'a déchiré le cœur. Il m'a expliqué que cela ne servirait à rien, car chaque fois qu'il avait été placé, il avait vécu le même scénario. Maltraitance, brutalité, manque de soin constituaient son quotidien. Au moins, dans sa famille actuelle, il mangeait à sa faim et avait sa propre chambre alors il se considérait comme chanceux.

Il s'interrompit et se racla la gorge pour chasser l'émotion qui le submergeait à l'évocation de ces souvenirs. Face à lui, Nicole n'en menait guère plus large. Les yeux humides, elle serrait compulsivement un mouchoir entre ses doigts.

— Bref, j'ai décidé d'agir, reprit Jacques d'une voix plus assurée. Je ne pouvais pas laisser ce pauvre gamin aux mains de ces bourreaux. Et si l'assistance publique n'était pas capable de s'occuper de lui, eh bien j'allais m'en charger. La semaine suivante, j'ai proposé à Timéo d'aller boire un jus de fruits après l'entraînement. Je lui ai exposé mon plan. S'enfuir tous les deux à l'autre bout de la France, emménager ensemble dans une grande maison isolée et sécurisée et former une vraie famille. Pour vivre heureux, vivons cachés. Cette expression prenait tout son sens pour nous. J'ai déniché ce pavillon dans un village calme et reculé, j'ai installé une clôture infranchissable, un système d'alarme. Vous connaissez la suite.

Nicole laissa passer trois secondes pour assimiler ce qu'elle venait d'apprendre et contrôler son trouble.

— Je m'en veux terriblement de vous avoir soupçonné des pires malversations alors que vous protégiez un orphelin, avoua-t-elle, la mine contrite.

Deux fossettes creusèrent les joues de Jacques.

— Vous ne pouviez pas savoir, la rassura-t-il. Mais maintenant, vous comprenez pourquoi je préférais éviter vos invitations et celles des autres résidents du lotissement. Je devais protéger Timéo. Si sa présence ici vient à être découverte, l'assistance publique exigera de le récupérer. Quant à moi, j'aurai de sérieux problèmes avec la justice. Enlever un mineur, même pour la bonne cause, reste un crime.

— La situation est difficile, en effet, approuva Nicole avec un hochement de tête. Mais comment faites-vous au jour le jour ? Timéo ne va pas à l'école ?

— Non, pour l'instant, je me charge de son enseignement. Il a quatorze ans et a redoublé une classe, donc le programme de quatrième est encore à ma portée. Quand il atteindra le niveau lycée, je ne serai plus capable de l'aider. C'est un vrai problème.

Sa bouche s'affaissa et il se perdit dans la contemplation de la moquette.

— Vous pourriez tenter une procédure d'adoption, suggéra Nicole.

— À mon âge ? protesta Jacques avec un rire amer. Je suis bien trop vieux.

— Taratata, à cœur âgé rien d'impossible !

Le septuagénaire arqua un sourcil perplexe.

— Ce n'est pas plutôt « À cœur vaillant rien d'impossible » ?

— Un cœur âgé est toujours vaillant, c'est la même chose, asséna Nicole avec un geste catégorique de la main. Je sais que vous ne souhaitez pas ébruiter la présence de Timéo, mais je pense qu'on devrait évoquer le sujet lors de la prochaine réunion du CRLG. René a déjà été confronté à ce genre de situation dans son ancien métier. Il aura peut-être une idée.

Jacques se gratta la tête.

— Je ne sais pas trop. Je ne veux pas mettre Timéo en danger.

— Françoise, Chantal et René sauront garder le secret. Croyez-moi, vous pouvez leur faire confiance.

— Vous avez sans doute raison, les choses ne peuvent de toute façon pas rester ainsi éternellement, finit par admettre Jacques après une longue hésitation. Pour l'instant, Timéo se satisfait du jardin pour prendre l'air et jouer au foot. Il passe beaucoup de temps dans sa chambre à s'amuser sur sa console et à écouter de la musique. Mais un jour, il en aura assez, de cette vie de reclus. Il voudra sortir. Je dois trouver une solution d'ici là.

Nicole se leva et lui adressa un franc sourire.

— Vous prenez la bonne décision. Ne vous inquiétez pas, je m'occupe d'organiser la réunion.

23

« Je me porte garante pour eux, ils tiendront leur langue. »

Le lundi matin, les ouvriers arrivèrent à l'aube. Ils n'étaient plus cinq, comme les fois précédentes, mais une douzaine. À n'en pas douter, Patrick Chamart comptait rattraper le retard pris sur le chantier. Les hommes commencèrent par évacuer des maisons un certain nombre de déchets non recyclables abandonnés par les anciens propriétaires et enlever la plomberie. Puis, en début d'après-midi, les engins débarquèrent. Bulldozers et pelles à bras s'affairèrent à démolir les bâtiments. Le boucan occasionné par ces travaux était si insupportable que Nicole dut se résoudre à utiliser des bouchons d'oreilles pour se préserver du bruit. Se trouver privée de télévision et de radio la rendait folle. Mais avec ce vacarme, impossible d'entendre quoi que ce soit, même en montant le son à fond. Par chance, Chamart ne poussa pas le vice jusqu'à exiger de ses employés qu'ils travaillent de nuit. Aussi les ouvriers quittèrent-ils les lieux sur les coups de dix-huit heures, ce qui permit à Nicole de regarder son jeu télévisé favori, *Questions pour un champion*. Son plaisir fut toutefois gâché par d'affreux bourdonnements qui persistaient dans ses tympans. Le raffut qu'ils avaient subi toute la journée lui occasionnait des acouphènes. Elle dut pousser le volume du téléviseur au maximum pour parvenir à saisir les questions posées par l'animateur et les réponses des candidats. Ces bruits parasites perturbèrent sa soirée et une grande partie de sa nuit.

Au petit matin, de fort mauvaise humeur et pas assez reposée, elle décida de s'échapper pour la journée. Elle ne pouvait pas imposer à son organisme un nouveau tapage, au risque de voir ses tympans exploser. Elle qui voulait visiter depuis plusieurs semaines la récente exposition du musée de Perclin avait là une occasion toute trouvée. Elle passa sa matinée à flâner entre les toiles, s'extasiant ici sur un paysage, là sur un portrait. Les tableaux des impressionnistes l'avaient toujours fascinée. Ces mouvements fluides, ces couleurs vives, ces jeux de lumière… Elle ne se lassait pas de contempler les œuvres des grands maîtres de ce courant pictural. Vers treize heures, son estomac la rappela à la raison. Elle s'offrit un déjeuner dans une brasserie et se régala d'un steak frites en terrasse. Le printemps laisserait bientôt place à l'été et la nature s'emballait. Les branches des arbres se paraient fièrement de feuilles vert tendre, un couple de moineaux virevoltait dans une parade nuptiale élaborée et les passants se dissimulaient derrière leurs lunettes de soleil. Nicole profita de la chaleur pour ôter son cardigan et remonter les manches de son chemisier afin de laisser bronzer ses avant-bras. Les paupières closes, elle savoura la caresse des rayons solaires sur sa peau. Un léger hâle lui donnerait bonne mine, elle en avait bien besoin après ces longs mois d'hiver et les soucis que lui occasionnaient les travaux de Belfroi Immobilier. Cette séance de bronzage improvisée la transporta plusieurs années en arrière, quand Michel et elle partaient avec leur camping-car sur la côte Atlantique. Chaque année, ils visitaient une nouvelle destination. Biarritz, Saint-Jean-de-Luz, Arcachon, Royan… Mais aussi l'île de Ré, Les Sables-d'Olonne, Nantes… Et elle en oubliait tellement. Des stations balnéaires moins connues, mais non moins magiques. Comme elle aimerait pouvoir voyager. Comme elle aimerait prendre des vacances. Comme elle aimerait découvrir de nouveaux lieux. Mais à la mort de Michel, elle avait vendu le camping-car. Explorer la France seule n'aurait jamais la même saveur. Depuis, elle n'avait plus quitté sa campagne, sauf une fois pour rendre visite à Valérie, dans son nouvel appartement parisien. Ses envies d'évasion la ramenèrent à Jacques. Partir en vacances tous les deux, ce serait tellement formidable. Depuis leur bref baiser, elle ne parvenait plus à le chasser de ses pensées. Bien sûr, il était trop tôt pour s'emballer. Ils se connaissaient à peine. Mais pour la première fois depuis le décès de son mari, elle s'autorisait à envisager sa vie en compagnie d'un autre homme. Et la perspective était loin d'être désagréable… Malheureusement, les choses risquaient de tourner au vinaigre si ses voisins et elle ne réussissaient pas à résoudre le problème de Jacques et Timéo. Elle ne supporterait pas d'assister à la séparation de ces deux êtres qui s'étaient trouvés. Il était impensable que ce pauvre enfant soit forcé de retourner à l'orphelinat et que Jacques termine en prison.

Prise d'une impulsion subite, elle sortit de son sac à main le téléphone portable que Marion lui avait offert. Elle ne s'en servait jamais. À la maison, son bon vieux poste fixe lui suffisait. Quant à ses rares déplacements à l'extérieur, ils ne duraient jamais assez longtemps pour nécessiter qu'elle passe un coup de fil. À son âge, elle préférait s'installer dans le confort de son canapé pour appeler ses interlocuteurs plutôt que de discuter dans la rue, où tout le monde pouvait entendre sa conversation. Mais aujourd'hui, les choses étaient différentes. Aujourd'hui, elle avait une urgence, comme aurait dit Marion. Elle attrapa le calepin dans lequel elle notait les coordonnées de ses proches et composa le numéro de René et Chantal. Elle avait prévu d'attendre la réunion hebdomadaire du CRLG pour leur révéler l'existence de Timéo. Mauvaise idée. Mieux valait aborder le sujet dès ce soir. Ainsi, ils pourraient commencer à réfléchir au problème. Après avoir prévenu l'ancien instituteur et sa femme de la tenue d'une séance urgente et exceptionnelle de leur comité ce soir, à son domicile, elle enchaîna avec Françoise, puis termina par Jacques, lequel parut angoissé par l'échéance si proche.

— Déjà ? lui demanda-t-il d'un ton chargé d'inquiétude. Nous devrions peut-être attendre un peu.

— Attendre ne servira qu'à perdre du temps et à vous faire prendre encore plus de risques, à vous et Timéo, objecta Nicole d'un ton catégorique. Il faut battre le fer tant qu'on est forgeron.

À l'autre bout du fil, ce nouveau proverbe original arracha un sourire à Jacques. Sa voisine et nouvelle amie arrivait toujours à le détendre, même dans les moments les plus graves.

— J'apprécie votre implication, Nicole, je vous assure. Mais êtes-vous sûre que René, Chantal et Françoise ne risquent pas d'ébruiter la nouvelle ?

— Taratata, nous en avons déjà parlé. Je me porte garante pour eux, ils tiendront leur langue. Je vous attends ce soir à dix-neuf heures.

Elle raccrocha avant qu'il ait le temps de protester. Maintenant, elle savait comment occuper son après-midi. Elle irait faire quelques courses et rentrerait préparer de délicieux amuse-gueule pour l'apéritif. Ne restait plus qu'à espérer que les travaux de démolition soient terminés à son retour.

24

« La chance sourit à ceux qui dînent tôt. »

— Je suis foutrement content que tout ce bordel soit enfin terminé ! s'exclama René en avalant une large rasade de whisky qu'il accompagna d'une poignée de cacahuètes.

— Je te rappelle que ça reprend demain, objecta Chantal, dont les cernes creux laissaient deviner le niveau de fatigue. À ce rythme-là, je ne tiendrai jamais.

— Ils n'ont toujours pas découvert les os ? demanda Nicole avec un discret coup d'œil à la pendule ancienne qui trônait sur le buffet.

Dix-neuf heures quinze. Jacques était en retard. Et s'il ne venait pas ?

René frotta son crâne dégarni et grimaça.

— Bah, pour l'instant, que dalle. Nada. Peau de balle. Mais tant qu'ils n'ont pas attaqué les fondations, c'est normal. Maintenant qu'ils ont terminé les travaux de démolition, ils vont commencer à creuser.

— Avec le bol qu'on a, ils ne remarqueront rien et les ossements se retrouveront embarqués dans la pelleteuse, ronchonna Chantal d'un ton morne.

— Allons, allons, pas de défaitisme ! déclara Nicole avec entrain. La chance sourit à ceux qui dînent tôt. Ça tombe bien, je mange toujours de bonne heure, et vous aussi. Je suis sûre que notre plan se déroulera comme prévu. Et toi, Françoise, des nouvelles de tes enfants ?

Les têtes se tournèrent vers la doyenne du groupe, occupée à bourrer sa pipe.

— Aucune. Ils n'ont pas cherché à vérifier si j'étais revenue. On dirait presque qu'ils ont abandonné l'idée de me retrouver. À croire que je ne leur manque pas, à ces petits ingrats.

— Vois le bon côté de la chose, au moins ils te foutent une paix royale et tu peux continuer à vivre sans te faire emmerder, en mode tranquillou Gillou, positiva René, que son premier verre d'alcool rendait poétique.

La sonnette de l'entrée retentit et Nicole jaillit de sa chaise comme si elle était montée sur ressorts.

— Tu attends quelqu'un ? s'étonna Françoise. J'espère que ce ne sont pas mes enfants. J'aurais mieux fait de me taire, si ça se trouve, je me suis porté la poisse.

L'octogénaire se leva, prête à gagner la chambre pour se cacher. D'un geste du bras, Nicole lui fit signe de se rasseoir.

— Pas de panique, ce n'est que Jacques, expliqua-t-elle.

Les sourcils de René se froncèrent, dessinant un gros boudin broussailleux sur son front.

— Jacques ? Je croyais que tu lui faisais la gueule après le vent qu'il nous a mis l'autre soir.

— C'est plus compliqué que ça, soupira Nicole tandis qu'un second coup de carillon résonnait depuis l'extérieur.

Elle se dépêcha d'aller accueillir son visiteur avant qu'il ne décide de rebrousser chemin. Son visage s'éclaira à la vue de Jacques. Elle avait beau savoir que c'était lui, le revoir en chair et en os lui provoqua un profond émoi. Le sourire qu'il lui adressa dessina un réseau de rides sur ses tempes, lui conférant un air bienveillant et amical. Il se pencha vers elle et effleura sa joue d'un léger baiser. Ils gagnèrent le living-room, de crainte qu'une trop longue absence ne paraisse suspecte.

Les yeux de René pétillèrent en découvrant que leur voisin n'était pas venu les mains vides. Il reluqua d'un air gourmand la bouteille que Jacques avait déposée sur la toile cirée avant de s'asseoir. L'ancien instituteur ne put résister et s'empara du précieux whisky.

— Oh, c'est le même que la dernière fois, constatat-il avec satisfaction.

Il ôta le bouchon et approcha son nez du goulot pour humer le fumet tourbé de sa boisson préférée.

— Mon vieux, tu devrais venir plus souvent aux apéros, c'est une putain de tuerie cette gnôle ! En plus, c'est parfait, mon verre était vide.

Il rit et se versa une large dose, sous le regard désapprobateur de Chantal. Cette dernière hésita à intervenir, à lui faire remarquer que ce n'était pas raisonnable, mais sa fatigue prit le dessus et elle laissa tomber. Après tout, si Dieu avait inventé l'alcool, son mari avait bien le droit d'en profiter.

Nicole apporta un verre à Jacques, que René s'empressa de remplir de whisky, et elle servit une autre tournée de vin blanc à Françoise et Chantal avant de terminer par son propre verre. Ils trinquèrent de bon cœur et l'ancien instituteur résuma au nouvel arrivant les dernières informations sur le chantier.

Lorsque la conversation s'essouffla, Nicole interrogea Jacques du regard. Il hocha imperceptiblement la tête. La septuagénaire s'éclaircit la voix avant de s'exprimer.

— Les amis, si Jacques est venu ce soir, c'est qu'il a besoin de notre aide. Mais avant, vous devez nous donner votre parole que rien de ce qu'il vous révélera ne sortira d'ici.

Trois paires d'yeux intrigués la dévisagèrent.

— Qu'est-ce que c'est que ce bordel ? lâcha René en se penchant vers l'intéressé. T'as buté quelqu'un ou quoi ?

Jacques ne put s'empêcher de rire.

— Rien de si grave. Mais avant que je vous raconte tout, vous devez me promettre de garder le secret.

— C'est promis, s'empressa de déclarer Françoise, que la curiosité tenaillait.

— Tu as ma parole, renchérit Chantal.

— Je serai muet comme une tombe, juré, craché, compléta René.

Jacques avala une gorgée de whisky pour se donner du courage. Pourvu qu'il ait fait le bon choix. L'avenir de Timéo en dépendait. Mais il ne pouvait plus reculer, alors il se lança et leur raconta tout. Les cours de basket aux jeunes de son quartier en banlieue parisienne, les hématomes de Timéo, l'orphelinat, les familles d'accueil, les coups, sa décision de protéger l'adolescent, leur fuite et leur vie de reclus derrière la haute clôture. Quand il eut terminé son récit, l'émotion étreignait son auditoire, si palpable que l'air de la pièce semblait presque irrespirable. Même René, d'ordinaire peu sensible, paraissait chamboulé. Il en avait oublié de finir son verre, signe chez lui d'une profonde perturbation. Il reprit ses esprits et vida cul sec le reste de sa boisson.

— Ben mon vieux, c'est une sacrée histoire, déclara-t-il d'un ton compatissant.

— Vous comprenez maintenant pourquoi je refusais vos invitations, je ne pouvais pas prendre le risque de compromettre la sécurité de Timéo.

— C'est tout à fait louable de votre part, le rassura Françoise d'une voix chaleureuse, vous avez agi pour le mieux.

— Le problème, poursuivit Jacques, c'est que je n'aurai bientôt plus le niveau pour enseigner à Timéo le programme scolaire. Et puis je ne peux pas garder éternellement ce gamin enfermé comme un paria. Il a besoin de sortir, de voir du monde, se faire des amis, draguer les filles. Autant de choses que je ne peux pas lui offrir aujourd'hui.

— Pourquoi ne pas l'adopter de manière officielle ? s'enquit Chantal.

— J'y ai bien pensé. Avant de m'enfuir avec lui, je me suis renseigné auprès de l'Aide sociale à l'enfance sur mes chances d'obtenir un agrément en vue d'une adoption, sans leur révéler le réel but de ma demande, bien sûr. Leur réponse a douché mes espoirs. À mon âge, les probabilités que je décroche cet agrément sont quasi nulles. Il y a beaucoup de candidats et peu d'élus, alors les vieux croulants comme moi ne sont pas prioritaires. Et maintenant, c'est trop tard. Si les autorités apprennent que j'ai enlevé Timéo, je suis bon pour un aller simple en prison.

Il se tut, la mine grave. Plus personne n'osa prononcer le moindre mot tant les paroles paraissaient dérisoires face à la complexité de la situation. Le miaulement aigu d'un chat se fit entendre au loin, accentuant l'aspect dramatique du moment. René fut le premier à rompre le silence.

— Du temps où j'étais instituteur, il m'est arrivé à plusieurs reprises de devoir signaler des maltraitances. De pauvres gosses que je retrouvais régulièrement couverts de bleus à leur arrivée à l'école. Tout le monde n'est pas fait pour être parent, vous savez. Mais je m'égare. Ce que je veux dire, c'est que j'avais de bonnes relations avec les services de l'assistance publique. La Ddass, comme on disait à l'époque. Bref, j'ai pris ma retraite depuis douze ans, mais mon interlocutrice était bien plus jeune que moi, elle doit toujours être en poste. Je pourrais tenter de la contacter et tâter le terrain. Elle pourra peut-être nous aider.

Jacques lui adressa un sourire chargé de reconnaissance.

— C'est très gentil à toi. Du moment que tu ne révèles pas nos identités, je suis partant pour un coup de main.

— Alors c'est entendu, je m'en occupe cette semaine.

25

« Ils nous voient comme des vieux croulants juste bons à avaler des médocs en radotant. »

Le mercredi, les engins de démolition laissèrent place aux pelleteuses et camions-bennes pour évacuer les gravats des travaux des deux derniers jours. Si le bruit en fut réduit, le stress de Nicole ne diminua pas pour autant. Le chantier avançait à grande vitesse, les os n'avaient toujours pas été découverts et elle commençait à craindre qu'ils ne le soient jamais. Les ouvriers paraissent pressés de terminer. Prêteraient-ils attention à quelques malheureux ossements ensevelis sous les mètres cubes de terre qu'ils déblayeraient sous peu ? Rien n'était moins sûr. À ce rythme, elle redoutait de se retrouver avec une rangée de caddies devant sa porte avant la fin de l'été.

Dans la maison voisine, Françoise n'en menait guère plus large. Si jouer les fugueuses l'avait un temps amusée, elle commençait maintenant à s'ennuyer ferme. Elle qui adorait prendre sa voiture pour aller boire un café au bar du village ou discuter avec la boulangère se trouvait privée de ces menus plaisirs. Quel intérêt d'être encore capable de conduire si c'était pour rester coincée chez elle toute la sainte journée ? Bien sûr, elle ne souhaitait pas finir en maison de retraite. Mais elle ne voulait pas non plus vivre comme une recluse dans son propre domicile. Elle avait bien son tricot pour l'occuper, mais à quoi bon confectionner des pulls et des écharpes pour ses enfants alors qu'elle ne savait pas si elle les reverrait un jour ?

Le cerveau préoccupé par ces ruminations, elle rata une maille et poussa un juron. Elle était pourtant une tricoteuse hors pair, capable de terminer une paire de chaussettes en moins d'une journée, mais entre la menace de la maison de retraite et la construction de ce maudit supermarché, elle dormait mal, broyait du noir et ne cessait de ressasser ses problèmes. Résultat, le chandail qu'elle avait commencé la semaine précédente n'avançait pas. Pire, les points étaient irréguliers. Un travail bâclé, indigne d'elle. Elle posa son ouvrage à côté d'elle sur le canapé et ôta ses lunettes pour se masser les yeux. Elle faillit succomber à une crise cardiaque lorsque le bip de l'alarme retentit.

— Et zut ! s'exclama-t-elle en s'extrayant aussi vite que possible du sofa.

Elle eut le réflexe d'attraper son tricot et sa pelote de laine. Laisser de telles preuves derrière elle serait stupide. Elle se dépêcha d'éteindre la sonnerie de l'alarme, heureusement peu bruyante, avant que ses enfants ne l'entendent. Déjà, elle percevait des voix dans l'allée. Elle décrocha son sac à main et son imperméable du portemanteau, éteignit les lumières et s'engagea dans l'escalier du sous-sol. Avec ses difficultés de mobilité, descendre ces marches relevait de l'exploit sportif. Elle n'était qu'à mi-parcours quand lui parvint le bruit d'une clé dans la serrure. Son cœur se mit à cogner dans sa poitrine. Un vent de panique s'empara d'elle, lui faisant oublier sa douleur. Elle accéléra et atteignit enfin le garage. Elle se faufila à l'extérieur, prenant soin de refermer derrière elle. De l'autre côté de la maison, elle reconnut les voix d'Émilie et de Mathias. Sa fille s'énervait du temps que mettait son frère à déverrouiller les trois serrures. Elle se félicita d'avoir posé ce nouveau verrou, qui lui permettait de gagner de précieuses secondes dans sa fuite. Elle traversa la terrasse, les sens en alerte. À tout instant, ses enfants pouvaient pénétrer dans la maison et l'apercevoir depuis le salon. Le sang pulsait dans ses tempes et sa tension devait atteindre des sommets. Lorsqu'elle parvint à la rangée de sapins qui séparaient sa propriété de celle de Nicole, elle s'accorda quelques secondes de pause. Dissimulée par les arbres, elle était hors de danger. Elle entendit le claquement de la porte. Ils étaient entrés. Il s'en était fallu de peu qu'elle se fasse surprendre. Elle préféra ne pas courir de risques et reprit son périple. Elle traversa le jardin de sa voisine et grimpa la volée de marches menant à l'arrière de la maison. Galvanisée par le stress, elle se déplaçait avec bien plus d'aisance. Derrière la baie vitrée, elle aperçut son amie, lovée dans son canapé, un crayon entre les doigts, un magazine de mots croisés sur les genoux. Elle frappa trois coups contre le carreau. Nicole sursauta et porta une main à son cœur. Lorsqu'elle reconnut Françoise, son expression effrayée se mua en un sourire. Elle lui ouvrit la porte-fenêtre et la fit entrer.

— Tes enfants sont là ? lui demanda-t-elle à voix basse, comme s'ils risquaient de les entendre.

— Oui, c'était moins une. J'ai bien failli me faire prendre. Toutes ces émotions, ce n'est plus de mon âge.

Nicole lui proposa un thé et la débarrassa des affaires qu'elle avait eu le réflexe d'emporter.

— Pourvu qu'ils ne flairent pas la supercherie, s'inquiéta Françoise en soufflant sur le breuvage brûlant.

— On sera bientôt fixés, car si c'est le cas, ils ne tarderont pas à débarquer ici.

Cette constatation plana dans l'air comme une épée de Damoclès au-dessus d'elles. Elles burent leur thé dans un silence de cour d'assises, simplement troublé par le tic-tac régulier de la vieille horloge. Quand la sonnette de la porte retentit, les deux vieilles dames sursautèrent à l'unisson. Françoise tourna la tête de gauche à droite, avec le regard affolé d'un animal braqué par le fusil d'un chasseur. Malgré la tension qui la gagnait, Nicole conserva son sang-froid.

— Toi, tu vas te planquer dans ma chambre. Moi, je débarrasse ta tasse et je vais ouvrir.

Nicole se força à sourire quand elle découvrit Émilie et Mathias sur le seuil de sa porte.

— Ah, les enfants. Alors, vous avez des nouvelles ?

L'air abattu, Émilie grimaça.

— Non, aucune. On espérait que vous en auriez.

— Je suis navrée, mais non, Françoise ne m'a pas contactée.

La vieille dame croisa les doigts derrière son dos, comme lorsqu'elle était enfant et qu'elle voulait conjurer ses mensonges.

— Elle n'a toujours pas réapparu, soupira Mathias. Nous sommes passés à la maison, au cas où elle aurait décidé de revenir, mais les lieux sont déserts, les armoires sont vides, aucune trace d'elle.

Nicole lui posa une main réconfortante sur l'épaule.

— Pas de défaitisme, mon garçon, je suis certaine qu'elle va bien.

Elle laissa filer une seconde et ajouta d'un ton qu'elle espérait neutre :

— Si elle savait que vous avez abandonné cette histoire de maison de retraite, elle reviendrait sûrement.

Émilie et Mathias semblèrent méditer les paroles de la vieille dame.

— Sans doute, mais ce n'est pas raisonnable qu'elle vive ici toute seule, remarqua le fils aîné de Françoise.

— Parce que tu trouves raisonnable qu'elle soit obligée de fuguer à son âge pour échapper à votre tyrannie ? s'exclama Nicole d'une voix furieuse.

La colère était apparue sans prévenir, comme une vague submergeant le rivage. Les yeux de ses interlocuteurs s'arrondirent. La septuagénaire savait qu'elle aurait dû se calmer, mais elle ne pouvait plus s'arrêter.

— De quel droit décidez-vous ce qui est bon pour elle ? Votre mère a toute sa tête. Depuis sa chute, elle se déplace moins facilement, c'est vrai. Mais cela ne l'empêche pas de vivre normalement. Et ici, elle est bien entourée, au milieu de ses amis. Nous veillons les uns sur les autres.

Émilie pinça les lèvres.

— Sans vouloir vous manquer de respect, vous n'êtes plus toute jeune non plus.

Le rouge monta aux joues de Nicole.

— On n'est pas grabataire à soixante-quinze ans. Ni à quatre-vingts d'ailleurs. On se débrouille très bien tout seuls !

Dans un accès de rage, elle leur claqua la porte au nez. Elle tourna le verrou et s'adossa contre la porte, tentant de maîtriser les battements de son cœur qui bouillonnait dans sa poitrine. Dehors, les crissements des graviers, bientôt suivis d'un bruit de moteur, lui annoncèrent le départ des importuns. Une fois que la voiture se fut éloignée, Françoise sortit de la chambre. Face au visage congestionné de son amie, elle s'alarma.

— Tout va bien ? murmura-t-elle, affolée.

Dans son cerveau défilèrent les pires scénarios. Il était arrivé quelque chose à l'un de ses enfants.

Ou bien ils avaient deviné le pot aux roses et étaient si furieux qu'ils lui avaient réservé une place à l'hospice.

Nicole secoua la tête, toujours en proie à un profond agacement.

— Ils n'ont pas changé d'avis. Tes mômes sont plus têtus que des mules. Ils nous voient comme des vieux croulants juste bons à avaler des médocs en radotant.

Françoise soupira. Certes, elle était rassurée que sa progéniture aille bien. Mais la situation ne s'améliorait pas. Comment allait-elle se sortir de ce pétrin ?

26

« Que lui resterait-il de ces précieux souvenirs si elle déménageait en maison de retraite ? »

Trois jours s'écoulèrent sans que le chantier ne manifeste le moindre signe de ralentissement. Les travaux de déblaiement étaient largement entamés, les pelleteuses déversaient des tonnes de terre dans des camions-bennes, les os demeuraient introuvables et le moral des résidents du lotissement des Genêts flirtait avec le zéro. Chantal n'avait même plus le cœur à consulter son horoscope. Tous les jours, elle se rendait à l'église pour allumer un cierge dans l'espoir qu'une puissance divine leur vienne en aide. René jurait du matin et soir et le stock de whisky baissait plus vite qu'à l'accoutumée. Jacques envisageait de s'adresser à un avocat. Avec le défilé de population que le supermarché provoquerait, la présence de Timéo finirait par être remarquée. La perspective de terminer ses jours en prison ne l'emballait pas, mais il était surtout inquiet pour l'avenir de l'adolescent. De son côté, Françoise n'avançait pas son tricot. Trop contrariée pour se concentrer, l'octogénaire ratait tant de mailles qu'elle était contrainte de recommencer ses rangs plusieurs fois. Elle vivait dans un stress permanent, mâtiné d'un début de dépression. Quant à Nicole, elle voyait approcher avec une angoisse grandissante le week-end de l'Ascension, qui marquerait l'arrivée de sa fille. Quand celle-ci apercevrait l'avancée des travaux, elle comprendrait que sa mère lui avait menti. Et Nicole aurait droit à une visite en règle des maisons de retraite de la région.

Le samedi, alors que Nicole tentait de canaliser le flot de ses pensées noires en se concentrant sur une grille de mots croisés force cinq, elle réalisa que le bruit des engins de chantier s'était interrompu. Elle posa son magazine et son crayon et monta à l'étage pour comprendre les raisons de ce calme soudain. Elle se posta à la fenêtre et souleva le rideau. En bas, les ouvriers s'étaient rassemblés dans ce qui fut jadis le jardin des Jambin. Elle n'entendait pas leur conversation, mais au regard de l'agitation qui semblait s'être emparée de la douzaine d'hommes, elle devina que quelque chose clochait. Une lueur d'espoir s'alluma au fond de son cerveau. L'un des gars sortit un téléphone portable et le colla à son oreille. L'espoir de Nicole grandit. Elle décida de ne pas s'emballer et abandonna son poste d'observation pour se préparer un thé. Elle transporta la théière et sa tasse sur un plateau jusqu'à la chambre de Marion. Bien sûr, du thé en sachet aurait été plus pratique pour grimper l'escalier, mais elle n'avait jamais apprécié cela. Pour elle, faire du thé, c'était avant tout le plaisir de humer les feuilles parfumées, d'entendre le doux bruit de leur chute dans la théière, de les voir remonter à la surface, emportées par le tourbillon d'eau brûlante. Elle ne gâcherait pas ce rituel pour un vulgaire sachet emballé dans du plastique bariolé. Quelques gouttes s'échappèrent du bec de la théière pendant son ascension, mais son plateau en avait vu d'autres. Elle le déposa sur l'ancien bureau de sa petite-fille. Elle caressa d'une main nostalgique le bois à la peinture blanche écaillée. Qu'elle en avait passé, des heures, sa Marion, à ce bureau ! Elle revoyait sa petite tête blonde inclinée sur son cahier, traçant de son écriture enfantine des lettres maladroites. Elle se rappelait la boîte de crayons de couleur et les albums de coloriage, elle se rappelait les ateliers gommettes, elle se rappelait les séances de devoirs pendant les vacances. Que lui resterait-il de ces précieux souvenirs si elle emménageait en maison de retraite ?

Le cœur lourd, Nicole déplaça la chaise pour la tirer face à la fenêtre. Soudain, le poids de toutes ces années pesa sur ses frêles épaules et elle se sentit vieille. Peut-être que Valérie avait raison, peut-être qu'il serait plus raisonnable de déménager. Elle cligna des paupières pour chasser les larmes qui menaçaient d'affluer et s'assit. Dans le jardin voisin, les travaux n'avaient pas repris. Elle repéra Patrick Chamart au milieu de ses ouvriers. Penché au-dessus du trou creusé par les pelleteuses, le promoteur paraissait furieux. Gesticulant à outrance, il invectivait ses hommes. Puis il attrapa un téléphone dans la poche de sa veste. Le moral de Nicole remonta, mais elle s'interdit de tirer des plans sur la comète. Mieux valait attendre la suite. Elle prit sa tasse et but une gorgée de thé. L'eau chaude produisait toujours un effet bénéfique sur son organisme et elle se sentit plus calme. Pour tuer le temps, elle attrapa ses mots croisés, qu'elle avait pris soin d'apporter. « Choix difficile » en sept lettres. *Voilà une définition de circonstance*, songea-t-elle avec un soupçon d'amertume. Elle inscrivit DILEMME dans les cases. Six mots plus tard, elle avait terminé sa grille.

Elle tourna la page pour attaquer la suivante quand des éclats de voix attirèrent son attention. Elle reposa son magazine et jeta un coup d'œil à travers le carreau. Une nuée de gendarmes s'agitaient au milieu du chantier. Un sourire se dessina sur les lèvres de Nicole. Cette fois, plus de doutes, ils avaient gagné. Emplie d'un sentiment de satisfaction, elle observa le ballet qui se déroulait quatre mètres plus bas. Telle une colonie de fourmis, les forces de l'ordre s'affairaient et s'éparpillaient dans une danse frénétique. Quatre flics déployaient des bandes plastique autour du jardin des Jambin afin de délimiter le périmètre. Pendant ce temps, trois de leurs collègues, carnet et stylo en main, interrogeaient les ouvriers. Un dernier prenait des photos. Vingt minutes plus tard, un homme en civil débarqua et se joignit à cet étrange essaim. Il revêtit une combinaison blanche par-dessus ses vêtements, chaussa des protections en plastique bleu autour de ses chaussures et enfila une paire de gants de la même couleur. Équipé d'une boîte de type caisse à outils, il descendit dans le trou creusé par les ouvriers. Grâce à toutes les séries policières qu'elle regardait, Nicole comprit qu'il s'agissait du médecin légiste. Leur plan avait donc merveilleusement fonctionné. Bien qu'elle brûle d'impatience d'avertir ses amis, elle s'obligea à patienter jusqu'au départ des gendarmes et du légiste. Alors que ce dernier ressortait du trou, elle aperçut plusieurs sacs transparents contenant ce qu'elle devina être des ossements. À cette distance, elle ne put évaluer combien d'os ils avaient déterrés. Mais peu importait qu'il en manque, la justice ne prendrait pas le risque de rater des pièces à conviction et ordonnerait l'arrêt des travaux jusqu'à ce que le terrain ait été entièrement fouillé.

Une fois tout le monde reparti, Nicole quitta son poste d'observation et descendit au salon pour téléphoner à ses voisins. René et Chantal, dont la maison se situait un peu plus haut dans le lotissement, avaient assisté au défilé des véhicules, et se doutaient du succès de leur plan, ce qui ne les empêcha pas d'exploser de joie lorsque Nicole leur confirma la chose. Françoise, pour sa part, habitait de leur côté et n'avait rien soupçonné des événements de la journée. Elle aussi se montra enchantée quand elle apprit la nouvelle. Quant à Jacques, terré chez lui derrière son immense palissade, il avait dû se contenter d'entrouvrir la fenêtre pour écouter le raffut provenant du chantier. Il fut donc soulagé et ravi à l'annonce de leur victoire. Maintenant que son secret n'en était plus un pour les membres du Comité de résistance du lotissement des Genêts, il s'autorisa une chose qu'il aurait crue impossible encore une semaine plus tôt. Il convia ses voisins à célébrer leur réussite autour d'une coupe de champagne.

27

« Je ne joue pas d'instrument, je suis un rappeur ! »

Avec l'aide de Timéo, très excité à l'idée d'avoir des visiteurs, Jacques rangea la maison et sortit verres et amuse-bouche. Il se félicita d'avoir emporté lors de son déménagement les bouteilles qui vieillissaient dans la cave de son appartement. À part un vin rouge de temps à autre, il ne les consommait guère depuis son arrivée ici, faute de vie sociale. Ce soir serait l'occasion de déboucher un bon champagne et, bien sûr, un whisky pour René. À la pensée de l'ancien instituteur, il se demanda si ce dernier était parvenu à joindre son contact à l'assistance publique. Une part de lui l'espérait, l'autre le redoutait. Car l'irruption des services sociaux dans cette affaire pouvait tout aussi bien se solder par un heureux dénouement que par une catastrophe. Comme le renvoi de son protégé à l'orphelinat et sa propre incarcération.

— Tout va bien, Jacques ? s'enquit Timéo, qui avait surpris l'air soucieux du vieux monsieur.

— Oui, bonhomme. Ne t'inquiète pas. Mais avant que nos invités arrivent, il faut que je te parle. Viens t'asseoir une seconde.

Il fit signe à l'adolescent de prendre place dans le salon. Son canapé en velours bordeaux et les deux fauteuils assortis avaient connu des jours meilleurs, mais il ne parvenait pas à s'en séparer. Pour sa sieste quotidienne, il n'était pas sûr de retrouver du mobilier aussi confortable. Alors tant pis pour le tissu élimé et les taches de café.

Le visage grave, Timéo s'installa à sa droite, les mains sur les genoux, l'œil attentif. Jacques se frotta le menton, ne sachant pas très bien par où commencer. Il opta pour la vérité, sans fioriture. Vu ce qu'avait traversé le jeune garçon depuis sa naissance, enjoliver la situation n'aurait guère de sens et serait une insulte à son intelligence.

— Tu te souviens que je t'ai dit avoir parlé de toi à nos voisins ?

L'adolescent hocha la tête.

— Ce que je ne t'ai pas dit, c'est que l'un d'eux pourrait nous aider. Il s'appelle René et c'est un ancien instituteur. Il a un contact à l'assistance publique et a proposé de lui téléphoner pour voir s'il serait possible que j'obtienne officiellement ta garde.

Les yeux de Timéo s'agrandirent sous l'effet d'un émerveillement certain.

— Ce serait super ! s'exclama-t-il avec un sourire jusqu'aux oreilles qui révéla des dents dont la blancheur tranchait avec sa peau caramel.

Jacques lui rendit son sourire, incapable de résister à un tel enthousiasme.

— Oui, ce serait super, admit-il. Mais je ne veux pas te donner de faux espoirs. Nous n'avons aucune certitude que le plan de René aboutira. Et nous devons nous préparer au pire.

— C'est quoi, le pire ? demanda Timéo d'une voix hésitante.

— Ils pourraient te renvoyer à l'orphelinat.

Il avait prononcé cela avec beaucoup de douceur, comme pour atténuer le choc de cette nouvelle. Il passa sous silence le spectre de la prison planant sur lui. Pas la peine d'affoler le gamin plus qu'il ne l'était déjà.

— Je m'enfuirai, affirma l'adolescent, la mine grave. Jamais je ne retournerai là-bas, jamais.

Jacques hésita deux ou trois secondes sur la conduite à tenir. Il pesa rapidement le pour et le contre et prit sa décision.

— Je ne les laisserai pas t'emmener. Si René n'obtient pas gain de cause, nous partirons tous les deux. Mais il faudra se cacher à nouveau, jusqu'à ce que tu aies dix-huit ans et que les services sociaux ne puissent plus rien contre toi.

— C'est long, reconnut Timéo après une courte hésitation. Mais je préfère encore ça plutôt que retourner à l'orphelinat ou en famille d'accueil.

Oui, c'est long, se dit Jacques. D'autant que cet avenir impliquait de renoncer à Nicole. Mais pour ce jeune garçon qu'il avait pris sous son aile, il était prêt à tout, même à sacrifier son propre bonheur.

Avec leur ponctualité coutumière, ses invités arrivèrent tous en même temps, à dix-neuf heures précises. Comme le disait René, l'apéro, ça n'attend pas. Timéo, pourtant enchanté de cet événement mondain, se montra d'une timidité que Jacques ne lui connaissait pas. Il resta en retrait, debout dans un coin du salon, pendant que Jacques accueillait leurs convives et les débarrassait de leurs affaires. Nicole avait cuisiné un cake aux olives encore tiède qui sentait divinement bon. Elle le déposa sur la table basse et claqua deux bises sonores sur les joues de Timéo, comme s'il faisait partie de la famille. Peu habitué à de telles démonstrations d'affection, il fourra les mains dans ses poches, les épaules rentrées.

— Les amis, je vous présente Timéo, annonça Jacques aux nouveaux arrivants.

Françoise et Chantal embrassèrent à leur tour le jeune homme et René lui tendit une main virile qu'il saisit avec empressement, soudain ragaillardi d'être traité en homme.

Jacques invita ses visiteurs à prendre place sur le sofa et les fauteuils pendant que Timéo et lui s'installaient sur les deux chaises qu'il avait ajoutées, son mobilier ne permettant pas d'accueillir autant de monde. Ils portèrent un toast à l'interruption des travaux.

— Cette fois-ci, je le sens bien, on va gagner ! se réjouit René en se tapotant le bout du nez avec l'index.

Je me demande si nous aurons de nouveaux voisins une fois que ce fumier de Chamart aura revendu ses terrains.

Il irradiait de bonne humeur dans son costume violet, celui des très grandes occasions.

— Pourvu qu'on n'hérite pas d'une colocation, s'alarma Chantal. J'ai lu un article dans *Femmes seniors* la semaine dernière. Les jeunes s'entassent à plusieurs dans une maison et partagent les frais. Ils vont nous transformer le lotissement en boîte de nuit !

Elle fronça la lèvre en une mimique dédaigneuse. Nicole émit un claquement de langue désapprobateur.

— Vous allez nous porter la poisse à tirer des plans sur la comète comme ça. Il ne faut pas vendre la peau de l'ours après l'avoir mangé.

— Allez, ma vieille, détends-toi, plaisanta René avec un sourire bon enfant. Tu ne vas pas nier que les choses se présentent bien pour nous.

— C'est vrai, concéda Nicole. Mais nous sommes encore loin de remporter la victoire. Restons prudents. Nous devrions réfléchir à notre prochaine action.

En son for intérieur, la septuagénaire craignait plus que tout un nouvel échec de leur plan. Elle n'était pas superstitieuse, mais ne voulait pas s'autoriser à se croire tirée d'affaire. Elle serait trop déçue si les choses tournaient mal et son moral risquait de ne pas s'en remettre.

— Et moi, je dis que ce serait couillon de ne pas savourer notre réussite du jour, insista l'ancien instituteur. On peut bien s'accorder un peu de répit.

— Je trouve que Nicole a raison, déclara Jacques. Creusons-nous les méninges pour élaborer une stratégie de secours si les travaux reprennent.

— Ce que vous êtes rabat-joie, tous les deux, bougonna Chantal en levant les yeux au ciel.

Françoise, en sa qualité de présidente du Comité de résistance du lotissement des Genêts, décida qu'il était de son devoir d'intervenir avant que la situation ne dégénère.

— Nous n'avons qu'à voter, suggéra-t-elle d'une voix qu'elle espérait autoritaire. Que ceux qui sont pour réfléchir dès aujourd'hui à un nouveau plan lèvent la main.

Les bras de Jacques et Nicole se dressèrent aussitôt dans les airs. Dépitée, cette dernière constata qu'ils étaient les seuls à voter en faveur de cette proposition. Françoise lui adressa un petit sourire contrit.

— J'ai aussi envie de me détendre un peu, expliqua-t-elle d'un ton d'excuse. La résolution est donc rejetée par trois voix contre deux.

René fut peiné de l'inquiétude qu'il lut dans le regard de Nicole. La culpabilité le gagna.

— On n'a qu'à dire qu'on en parle vendredi, pour la prochaine réunion du CRLG, décréta-t-il. Comme ça on s'accorde une semaine de repos bien mérité. L'autre tête d'endive au jambon ne va pas nous casser les burnes d'ici là.

Après cette annonce, l'ambiance se détendit et la conversation s'orienta vers Timéo. Le jeune garçon, un peu intimidé d'être au centre de l'attention, fit de son mieux pour répondre aux questions. Il était étonné de la curiosité sincère que lui manifestaient ces inconnus. Jusque-là, à part Jacques, aucun adulte ne s'était jamais intéressé à lui. Il y avait bien eu Lydia, cette employée plus sympa que les autres à l'orphelinat, quand il avait dix ans. Lorsqu'elle était de garde le soir, elle lui racontait des histoires pour l'aider à s'endormir et elle lui avait promis qu'elle trouverait une gentille famille pour s'occuper de lui. Malheureusement, son mari avait été muté à l'étranger et elle avait dû partir. Timéo s'était retrouvé placé peu de temps après chez un couple qui n'avait rien de gentil et il avait beaucoup regretté que Lydia n'ait pas été là. Elle n'aurait jamais laissé des gens aussi méchants le récupérer.

— Et alors à quoi occupes-tu tes journées, mon grand ?

La question émanait de la vieille dame qui s'appelait Françoise. Timéo se redressa sur sa chaise, les yeux brillants.

— J'fais de la musique, madame.

— Oh, de la musique ! C'est une très belle activité. Tu joues de quel instrument ?

Un rire enfantin s'échappa de la gorge de l'adolescent. Quand il riait, il semblait comme éclairé de l'intérieur. Jamais on n'aurait pu croire qu'un gamin si lumineux ait pu traverser autant d'horreurs dans sa courte existence.

— Je ne joue pas d'instrument, je suis un rappeur !

L'octogénaire ouvrit de grands yeux.

— Un rappeur ? répéta-t-elle comme s'il s'agissait d'un mot étranger.

— Oui, un rappeur, comme Drake, Gims ou Eminem. Enfin, moi je ne suis pas aussi doué qu'eux, mais j'espère m'améliorer.

— Et je suis certain que tu y parviendras, intervint Jacques en lui ébouriffant les cheveux. Tu as un vrai talent.

— Parce que vous écoutez du rap, vous aussi ? le taquina Nicole, un brin moqueuse.

Il haussa les épaules, la mine amusée.

— Eh oui, que voulez-vous, quand on a un ado à la maison, il faut vivre avec son temps.

Ils discutèrent un moment de leurs goûts musicaux, citant un grand nombre de chanteurs que Timéo ne connaissait pas. Le soleil était couché depuis longtemps et avait laissé place aux ténèbres quand Françoise étouffa un bâillement.

— Je crois que je vais rentrer, il se fait tard. Merci infiniment à vous deux pour cette charmante soirée.

— Nous n'allons pas tarder non plus, annonça René en fixant Jacques dans les yeux, mais avant il faut que je te parle en privé.

Jacques hésita un bref instant, puis sourit.

— Je ne veux plus avoir de secrets pour vous. Et Timéo est assez grand pour entendre ce que tu as à dire.

L'ancien instituteur approuva d'un hochement de tête.

— Comme promis, j'ai contacté cette semaine Mathilde Guichard, mon interlocutrice des services sociaux. Je suis resté assez évasif pour ne pas qu'elle puisse vous identifier.

Jacques se crispa, les muscles tendus à l'extrême. À ses côtés, les mains jointes entre les genoux, Timéo retenait sa respiration. Percevant leur trouble, René se hâta de poursuivre.

— J'ai été obligé d'enjoliver un peu la situation. J'ai prétendu que tu avais recueilli Timéo après une fugue. J'ai affirmé qu'il avait disparu pendant un an et qu'il t'avait téléphoné en te demandant de l'héberger. C'était la seule façon d'arranger les choses sans que tu termines en prison. Selon Mathilde, si tu contactes de ton plein gré l'assistance publique pour signaler que tu as recueilli le gamin, non seulement tu ne risques rien, mais en outre ton dossier d'adoption sera vu d'un meilleur œil.

Jacques ne répondit rien. Pendant plusieurs secondes, le silence s'étira. On n'entendait que le ronronnement de l'antique réfrigérateur qui leur parvenait depuis la cuisine et le tic-tac de pendule murale. Quatre visages anxieux scrutaient l'ancien professeur de sport et son protégé, attendant une réaction qui ne venait pas. Enfin, Jacques prit la parole.

— Et pendant que ma demande d'adoption sera examinée, qu'adviendra-t-il de Timéo ?

— Compte tenu des circonstances, Mathilde pense qu'il sera autorisé à habiter chez toi le temps de la procédure.

Nouveau silence. Cette fois, ce fut Timéo qui le rompit. La gorge nouée, il dut faire un effort pour pouvoir parler.

— Et si la demande d'adoption est rejetée ?

Une lueur d'inquiétude dansait dans ses yeux sombres et René sentit son cœur se serrer. Il n'était que le messager, mais il détestait apporter des mauvaises nouvelles.

— Tu devras retourner à l'orphelinat, dit-il d'une voix douce. Mais le risque est faible, Jacques a de grandes chances que son dossier soit accepté puisqu'il sera celui chez qui tu t'es réfugié et celui qui a alerté les services sociaux. Tout ça jouera en sa faveur. Et Mathilde m'a promis de faire tout son possible pour appuyer sa demande.

— Il ne retournera pas à l'orphelinat, trancha Jacques d'un ton dur. Nous en avons déjà parlé avant votre arrivée. Si je n'obtiens pas sa garde, nous fuirons à nouveau.

— La police vous recherchera, objecta Nicole. Et cette fois, elle aura votre identité et votre signalement.

— Nous quitterons le pays.

Nicole ouvrit la bouche pour protester contre cette idée absurde, cette idée qui la priverait de la compagnie de cet homme qu'elle venait de rencontrer, mais appréciait déjà. Puis elle réalisa l'égoïsme de sa réaction. Jacques était tout ce qu'avait Timéo. Elle n'avait aucun droit d'interférer dans leur vie. Alors elle ravala la boule de tristesse qui l'étouffait et opina d'un mouvement de tête pour signifier qu'elle comprenait. Jacques lui adressa un regard dans lequel elle lut qu'il était aussi désolé qu'elle de la tournure des événements. Puis il se tourna vers Timéo.

— Qu'en penses-tu ? On tente le coup ? lui demanda-t-il avec un sourire encourageant.

L'adolescent mordilla sa lèvre inférieure quelques instants. Son visage s'éclaira brusquement.

— Oui, on tente le coup, déclara-t-il avec cette spontanéité propre à la jeunesse. Devenir ton fils adoptif vaut bien la peine de prendre des risques.

28

« On n'a qu'une vie et elle est déjà bien entamée, alors je compte profiter de la mienne. »

En ce début de mois de mai, l'été semblait en avance. Les températures flirtaient avec les vingt-cinq degrés et il n'était pas tombé une goutte d'eau depuis une semaine. Afin de profiter de cette météo ensoleillée, Nicole avait proposé à ses amis de s'installer sur sa terrasse pour jouer leur tournoi hebdomadaire de belote. Le score était serré et l'avance que Françoise et elle détenaient sur leurs adversaires se réduisait à vue d'œil. Chaque fois que son équipe remportait une levée, Chantal embrassait le pendentif en forme de trèfle à quatre feuilles qui se balançait autour de son cou. Ce comportement agaçait Nicole. Non pas qu'elle soit mauvaise joueuse. Ou superstitieuse. Mais ce maudit grigri donnait des ailes à sa propriétaire. Chantal était d'habitude une concurrente prudente, voire timorée. Aujourd'hui, elle n'avait plus peur de rien et n'hésitait pas à accepter des contrats qu'elle aurait refusés en temps ordinaire. Cette stratégie offensive lui réussissait à merveille et les victoires pour son mari et elle s'enchaînaient.

— Je vais nous chercher du thé, déclara Nicole après avoir perdu une nouvelle manche.

Elle avait besoin de faire une pause, car ces défaites à répétition finissaient par lui plomber le moral.

De retour avec son plateau, elle fit couler avec dextérité le liquide parfumé au jasmin dans les tasses. Elle venait à peine de tremper ses lèvres dans la sienne quand des bruits de moteur troublèrent la tranquillité du jardin. René fronça les sourcils.

— L'une de vous attend des visiteurs ?

Les trois femmes répondirent par la négative. Des éclats de voix succédèrent aux claquements de portières.

— Ça vient de chez les Jambin, constata Nicole d'un ton sinistre.

René s'éjecta de sa chaise.

— Bordel de ratons laveurs mal peignés ! Les ouvriers sont revenus.

Ils se précipitèrent à l'étage aussi vite que leurs vieux os le permettaient. Depuis l'ancienne chambre de Marion, ils contemplèrent avec consternation une douzaine d'individus pénétrer sur le chantier. Parmi eux, ils reconnurent la silhouette trapue de Patrick Chamart qui donnait des consignes à ses employés. Bientôt, la pelleteuse fut de retour. Bras croisés, le promoteur immobilier assistait avec une satisfaction évidente à la poursuite des opérations de déblaiement.

— Comment les travaux ont-ils pu reprendre aussi vite ? demanda Françoise en se laissant tomber sur le lit d'enfant.

— Je ne comprends pas, ça n'a pas de sens, s'emporta René, dont le visage rond avait viré au cramoisi. Je vais toucher deux mots à cet empaffé du trognon.

Chantal le dévisagea avec des yeux de chaton effarouché.

— Tu vas parler à Chamart ? Mais s'il devine que c'est nous qui sommes derrière tout ça ?

— Tu as une autre idée pour comprendre ce qui se passe ? Je ne suis pas complètement crétin, je ferai attention à ce que je dis.

Il sortit de la pièce en ajoutant pour lui-même :

— Et dire que j'avais choisi mon complet bleu alors que c'est une putain de foutue journée à porter du marron !

Tétanisées derrière les carreaux, les trois femmes l'observèrent s'avancer vers le patron de Belfroi Immobilier. Il leur était impossible de saisir la conversation depuis leur poste de surveillance, mais elles constatèrent avec soulagement que René conservait son calme. Il parvint même à sourire et à adresser un salut de la main à son interlocuteur avant de quitter les lieux.

À son retour, sa femme et leurs deux voisines l'attendaient sur le pas de la porte.

— Alors ? le questionna Nicole d'une voix pressante en refermant derrière lui.

— Alors ces espèces de pelles à tarte qui osent se prétendre gendarmes ont décidé que les travaux pouvaient reprendre.

— Mais… et les ossements ?

René secoua la tête, la mine défaite.

— Le médecin légiste a bien conclu qu'il y avait des os humains dans le lot, malheureusement, les analyses ont établi qu'ils dataient de plusieurs dizaines d'années. Il semble que l'Académie de médecine ne fournisse pas des ossements de la toute première jeunesse à ses étudiants. Il a aussi remarqué que les os avaient été blanchis à l'eau bouillante. Bref, les flics ont vite compris qu'ils n'avaient pas affaire à un meurtre. Comme Chamart connaît le maire et qu'il a le bras long, il a obtenu l'autorisation de rouvrir le chantier.

Nicole porta les mains à son visage, l'air effaré.

— On est foutus ! C'était notre dernière carte. Je savais bien qu'on aurait dû rester sur nos gardes. Mais personne n'a voulu m'écouter.

— Allons, allons, du calme, pas la peine de se disputer, tempéra Françoise. Il n'est peut-être pas trop tard. Nous pouvons encore trouver des idées pour sauver la situation. Décalons à ce soir notre réunion prévue demain. Je vous aurais bien conviés chez moi, mais étant donné que je suis supposée avoir disparu, c'est un peu délicat.

— Vous pouvez venir à la maison, proposa Chantal. Nicole, peux-tu transmettre l'invitation à Jacques ? Bien sûr, Timéo est le bienvenu également. Un cerveau plein de jeunesse comme le sien ne sera pas trop pour nous tirer de ce mauvais pas.

Nicole opina. Pour une raison qu'elle ignorait, le groupe semblait avoir deviné qu'elle entretenait une relation particulière avec Jacques. Pour combien de temps encore auraient-ils ces rapports privilégiés, c'était une autre histoire. Depuis leur baiser, ils ne s'étaient revus qu'en compagnie de leurs voisins. Elle finissait par croire qu'elle avait rêvé cette embrassade. Elle avait espéré que Jacques lui propose un rendez-vous en tête à tête, mais rien de tel n'était arrivé. Elle décida qu'il était temps de prendre le taureau par les cornes. À peine ses amis eurent-ils passé la porte qu'elle gagna le salon et décrocha son téléphone. Jacques lui avait donné son numéro lors de sa dernière visite, le moment était venu de s'en servir. D'un doigt fébrile, elle tapa les chiffres sur le clavier. Son cœur battait fort dans sa poitrine et elle se trouva ridicule. Ressentir un tel émoi d'adolescente à son âge ! Mais quand la voix chaude de Jacques résonna dans le combiné, elle ne put empêcher une vague de chaleur d'envahir son corps.

— A-allô, bonjour Jacques, c'est Nicole. Je… je me demandais si vous accepteriez de passer rapidement prendre un thé ?

Voilà que maintenant elle bégayait. De mieux en mieux. Heureusement, son interlocuteur ne parut pas relever son extrême nervosité.

— Maintenant ?

Le ton était marqué d'étonnement, mais cordial. Nicole se força à respirer un bon coup avant de répondre.

— Oui, maintenant. Si cela ne vous dérange pas, bien sûr.

— Aucun problème. Laissez-moi le temps de prévenir Timéo que je m'absente et j'arrive.

Les dix minutes qui s'écoulèrent parurent trois fois plus longues à Nicole. Quand enfin la sonnette retentit, elle avait les nerfs en pelote. Elle s'efforça de retrouver son calme et partit accueillir son visiteur. Elle lui proposa de s'installer au salon, où elle avait déjà disposé une théière remplie de thé vert au jasmin, ses plus belles tasses en porcelaine et une assiette de biscuits.

— En venant chez vous, j'ai eu la désagréable surprise de constater que les travaux avaient repris, attaqua Jacques en croquant dans un gâteau.

— Oui, c'est l'une des raisons pour lesquelles je désirais vous voir. Nous avons rendez-vous chez Chantal et René ce soir, pour une réunion exceptionnelle. Si Timéo souhaite se joindre à nous, il est le bienvenu.

— Je serai là. Vous dites que c'est l'une des raisons pour lesquelles vous vouliez me voir. Il y en a donc une autre ?

Il planta ses yeux sombres dans ceux de Nicole. Elle y lut une pointe de curiosité et un soupçon d'amusement. Serrant ses doigts avec nervosité, elle se força à soutenir son regard.

— Oui, hum, je souhaitais vous parler de ce qui s'est passé dimanche. Enfin pas ce dimanche-là, celui d'avant, quand je suis venue sonner chez vous.

Elle s'empêtrait dans ses explications et pour sa plus grande gêne, elle sentit une forte chaleur envahir son visage. À tous les coups, sa peau avait viré au rouge écarlate. La commissure de la lèvre de Jacques remonta légèrement.

— Vous voulez parler du baiser ? s'enquit-il d'un ton tranquille.

Nicole avait de plus en plus chaud. Elle n'avait plus connu de telles bouffées de chaleur depuis sa ménopause et elle n'en gardait pas un bon souvenir. Qui lui arrivait-il ?

— Oui, c'est à ça que je faisais allusion, confirma-t-elle d'une voix trop haut perchée.

Elle but une gorgée de son thé pour se donner une contenance. L'effet s'avéra des plus désastreux et une moiteur désagréable envahit ses tempes et son cuir chevelu. *Pourvu que Jacques ne s'en aperçoive pas*, songea-t-elle au bord du désespoir.

— Vous vous demandez sans doute pourquoi je n'ai pas cherché à vous revoir en tête à tête depuis lors.

Il avait énoncé ce constat de façon simple et directe et elle lui sut gré d'avoir pris les devants. Dans l'état où elle se trouvait, elle ne serait jamais parvenue à formuler les choses clairement. Elle acquiesça. Il la scruta un instant et une ombre voila son visage.

— Ne croyez pas que je regrette ce qui s'est passé, commença-t-il sans cesser de la fixer. Bien au contraire. Plus d'une fois, j'ai failli venir vous voir. Pour tout vous avouer, je me suis même aventuré jusqu'à l'entrée de votre maison avant de faire demi-tour.

Il marqua une pause et Nicole ne put retenir sa question.

— Mais pourquoi cela ? Pourquoi n'avez-vous pas sonné ?

— Pour ne pas vous faire souffrir. Si la situation devait mal tourner avec les services sociaux, je serais obligé de disparaître avec Timéo. Il serait égoïste de ma part d'engager une relation avec vous maintenant, alors que d'un jour à l'autre, je peux être contraint de vous quitter.

Son ton était douloureux. Ses yeux se perdirent dans le vague, il n'osait plus la regarder. Il avait honte de son comportement, honte d'avoir donné de faux espoirs à Nicole, honte de ne pas pouvoir lui offrir ce qu'elle méritait, une vie merveilleuse avec un homme normal, un homme capable de la protéger, un homme capable de la rendre heureuse, un homme qui n'était pas dans l'illégalité la plus totale. Bref, un homme qui n'était pas lui.

— J'en ai marre que tout le monde s'autorise à décider à ma place ! s'exclama Nicole.

Surpris, Jacques releva la tête. Les sourcils froncés, Nicole paraissait très en colère. Il se frotta la mâchoire, perplexe.

— Toute ma vie, on m'a traitée comme si j'étais en sucre, comme si j'étais une pauvre chose fragile. Mes parents d'abord, puis Michel, mon mari, ensuite Valérie, ma fille. Et maintenant, vous. Je ne suis pas un bibelot en porcelaine, je suis capable d'affronter les revers de l'existence, je suis capable d'encaisser la souffrance et surtout, je suis capable de prendre mes propres décisions !

Elle s'interrompit le temps de reprendre sa respiration et replaça derrière son oreille une mèche de cheveux rebelle. Elle reprit sur un ton enflammé :

— Est-ce que j'ai peur de me lancer dans une relation amoureuse ? Oui ! Est-ce que j'ai peur de vous perdre ? Cent fois oui ! Mais est-ce que je préfère vous oublier et tourner la page ? Certainement pas ! On n'a qu'une vie et elle est déjà bien entamée, alors je compte profiter de la mienne. Et advienne que pourra !

Elle marqua une nouvelle pause pour remplir ses poumons d'oxygène, prête à ajouter qu'elle préférait avoir des remords que des regrets. Elle n'eut jamais l'occasion de prononcer cette devise pleine de bon sens. Jacques se leva, lui prit la main et l'attira vers lui. Elle se retrouva plaquée contre son torse. Il sentait bon, un mélange de fragrance boisée et de notes poivrées. Son cœur rata un battement lorsqu'il posa ses lèvres sur les siennes. Elle ferma les paupières et se laissa emporter par leur étreinte.

29

« Tu crois que ça intéressera quelqu'un, les problèmes de vieux croûtons comme nous ? »

Jacques et Nicole avaient convenu de conserver leur idylle secrète pour l'instant. Ils préféraient ne pas perturber Timéo, déjà mis à rude épreuve avec la demande d'adoption. Quant à leurs voisins, mieux valait qu'ils se concentrent sur Belfroi Immobilier plutôt que sur leur histoire d'amour naissante. Ils se rendirent donc séparément chez Chantal et René. Une fois n'est pas coutume, Nicole arriva la dernière et les verres étaient servis lorsqu'elle pénétra dans le living-room du couple. Elle n'avait jamais été fan des goûts de Chantal en matière de décoration et notamment de sa passion pour les bibelots. Figurines en porcelaine, sculptures, bougies, animaux en cristal, en bois, en céramique… Chaque centimètre carré était occupé par un objet plus ou moins artistique, plus ou moins de bon goût, plus ou moins encombrant. Les murs subissaient le même traitement et le papier peint vert pâle était recouvert par des tableaux, des photos encadrées, et surtout par la collection d'assiettes de la maîtresse de maison. Seul le grand miroir en bois sculpté trouvait grâce aux yeux de Nicole.

L'apéritif avait été dressé dans la salle à manger. Pour l'occasion, Chantal avait troqué sa toile cirée défraîchie pour une nappe fleurie aux tons pastel. Nicole s'assit à côté de Françoise et René et s'efforça de ne pas croiser le regard de Jacques, installé de l'autre côté de la table avec Timéo et Chantal. Elle craignait de rougir et de se trahir. René lui servit un martini avec deux glaçons, qu'elle s'empressa de goûter. Elle misait sur l'effet calmant de l'alcool pour apaiser sa nervosité. Elle avait l'impression de retomber en adolescence et cette sensation, certes perturbante, n'avait en réalité rien de désagréable. Depuis qu'elle était rentrée chez elle tout à l'heure, elle flottait sur un petit nuage, un sourire béat accroché aux lèvres.

— Houhou, tu nous écoutes, Nicole ?

Elle sursauta. À sa droite, Françoise agitait la main devant les yeux de son amie pour tenter de capter son attention. Nicole se redressa sur sa chaise, comme prise en faute.

— Pardon, j'étais dans la lune. Tu disais ?

Françoise la jaugea d'un drôle d'air.

— Je te demandais si tu avais une idée pour bloquer les travaux, car nous autres, on sèche.

Nicole grimaça.

— On a envahi les terrains avec un troupeau de chèvres et de boucs, on a simulé une fusillade et on a même enterré des os humains sur ce fichu chantier. Rien n'a fonctionné ! Franchement, je ne vois pas ce qu'on pourrait inventer de plus. Tant va la cruche à l'eau qu'à la fin, elle est vide.

Elle accompagna la fin de sa phrase d'un large geste du bras. Cette situation l'agaçait. Elle détestait se sentir impuissante. Malgré leurs âges avancés, ils avaient osé se rebeller pour préserver leurs vies, ils avaient imaginé des stratagèmes ingénieux, ils avaient bravé la gendarmerie. Et pour quoi ? Pour que ce satané supermarché ouvre quand même ses portes pendant que Patrick Chamart compterait ses billets. Elle enrageait. Elle coula un regard en direction de Jacques, qui lui adressa un discret clin d'œil. Sa colère retomba d'un cran et elle dut se forcer pour ne pas sourire. Ses amis risquaient de la croire cinglée si elle sautait ainsi de la mauvaise humeur à l'euphorie.

— Bordel de manette à pince, on n'a quand même pas fait tout ça pour des prunes ! s'exclama René en reposant son verre avec un bruit sec. On ne va pas laisser ce cul de babouin bousiller notre tranquillité !

— Alors tu proposes quoi ? s'agaça Chantal. Parce que pour l'instant, à part râler et jurer, tu ne fais pas beaucoup avancer les choses. En plus, je te rappelle qu'il y a un enfant ici, tu pourrais surveiller ton langage.

— Vous inquiétez pas, m'dame, je suis plus un gamin, j'en ai entendu d'autres. Si vous saviez ce que chantent les rappeurs…

Jacques leva les yeux au ciel.

— Ne m'en parlez pas, toute cette vulgarité me rend dingue. Et la plupart du temps, je ne comprends même pas les paroles.

— C'est parce qu'il y a beaucoup de mots en verlan et en argot, expliqua l'adolescent comme pour excuser ses idoles.

— Tu m'en diras tant, commenta Jacques d'un ton plus amusé que courroucé.

Incapable de contenir son énervement, Chantal se leva et commença à marcher de long en large dans la pièce. Bras croisés, visage fermé, elle effectuait des allers et retours comme un fauve en cage.

— Il faudrait pouvoir racheter les terrains à Belfroi Immobilier, suggéra-t-elle avec un soupçon d'espoir dans la voix.

René poussa un soupir.

— À moins que tu ne prévoies de gagner au loto, bichette, je ne vois pas comment on pourrait rassembler assez d'argent. Tant que son projet de supermarché est sur les rails, Chamart n'a aucun intérêt à céder ses parcelles. Si nous étions parvenus à faire échouer ses travaux, ça aurait été une autre histoire. Mais dans la situation actuelle, son projet vaut de l'or.

Un silence désespéré s'abattit sur le living-room. Un silence que la voix juvénile de Timéo rompit.

— Il faudrait que les gens soient au courant de votre problème. Je suis sûr que tout le monde vous soutiendrait. Et le promoteur serait obligé d'abandonner.

Nicole sourit malgré elle, touchée par la spontanéité du jeune homme.

— On en a parlé dans le village, lui expliqua-t-elle. On en a même parlé au maire. Et c'est vrai que les habitants nous soutiennent, mais Chamart ne s'arrête pas à ce genre de détails.

— Mais le village, ce n'est pas assez, répliqua Timéo. C'est la France entière qu'il faut viser !

— Et comment procéderais-tu à un tel miracle ? s'enquit Jacques d'une voix paternelle.

Timéo haussa les épaules comme si la réponse était évidente.

— Bah grâce aux réseaux sociaux.

Les cinq retraités le dévisagèrent sans comprendre. Il ajouta avec un enthousiasme manifeste :

— Je parle de Facebook, Instagram, Tiktok, Youtube. Là-dessus, si vous postez un truc qui a du succès, vous pouvez toucher des dizaines de milliers de personnes, et même bien plus.

Nicole se pencha vers lui, les sourcils relevés.

— Tu proposes qu'on raconte notre histoire sur ton Facebook et je ne sais quoi d'autre ? Tu crois que ça intéressera quelqu'un les problèmes de vieux croûtons comme nous ?

Elle avait beau apprécier la bonne volonté du gamin, sa suggestion la laissait perplexe. Et vu la mine que tiraient ses camarades, elle devina qu'ils partageaient ses doutes.

Le jeune homme éclata d'un rire enfantin et il parut soudain bien plus jeune que ses quatorze ans.

— Non, faut pas juste raconter votre histoire. Faut faire un truc plus fun. Une vidéo par exemple.

— Une vidéo ? répéta René en ouvrant des yeux ronds comme des billes de loto. Mais qu'est-ce qu'on va fabriquer sur une vidéo ?

Timéo se mordilla la lèvre inférieure pendant trois secondes, en proie à une intense réflexion. Soudain son visage s'illumina et il se redressa sur sa chaise.

— J'ai trouvé ! s'écria-t-il, les iris pétillants d'excitation. On va tourner un clip de rap !

À son grand désarroi, un nouveau silence accueillit cette proposition qu'il jugeait pourtant excellente. Les cinq aïeuls se jetèrent des regards gênés, ne sachant manifestement pas comment réagir.

— Je vous écrirai les paroles, insista-t-il sans se laisser décourager, et je vous filmerai avec mon téléphone. Je suis sûr que ça va faire un tabac sur Tiktok !

Jacques posa une main sur la sienne.

— Je suis convaincu que tu serais capable de composer un très beau texte, mais je ne suis pas certain d'avoir bien compris en quoi il consisterait. Sans compter qu'aucun de nous ne sait chanter.

— Tu sais, nous, à part Aznavour, la musique, on n'y connaît rien, ajouta Françoise.

Timéo décida de changer de tactique.

— Laissez-moi vous expliquer. Je vais écrire une chanson de rap sur votre histoire. La construction du supermarché, votre combat, le fait que vous ne vouliez pas déménager ni partir en maison de retraite.

Il porta la main à sa bouche comme s'il en avait trop dit. Il jeta un regard coupable à Françoise.

— Désolé, madame, Jacques m'a tout raconté pour vos enfants. Je ne voulais pas être indiscret.

— Il n'y a pas de mal, mon petit. Et je t'en prie, appelle-moi Françoise. Si on doit réaliser une chanson ensemble, c'est le moins que tu puisses faire. Continue tes explications, je t'en prie.

Un sourire éclaira le visage de l'adolescent. Ragaillardi par cet encouragement, il poursuivit.

— Donc, je vais composer un morceau de rap, je vous apprendrai à le chanter et quand vous serez au point, je vous filmerai. Je posterai le clip sur les réseaux sociaux et sur Youtube, ça va grave cartonner !

Son auditoire se consulta du regard.

— Tu crois vraiment qu'on serait capable de faire ça ? l'interrogea enfin Jacques.

— Carrément ! L'année dernière, c'est vous qui m'avez aidé. Maintenant, c'est à mon tour de vous aider. Faites-moi confiance, vous ne serez pas déçus.

30

« C'est moins efficace qu'un verre de whisky, mais ça te fera du bien. »

— Vous êtes prêts ? demanda René lorsque Jacques lui ouvrit la porte.

— Laisse-moi juste attraper ma veste et mes clés de voiture.

Il s'approcha de l'escalier et appela.

— Timéo, René est là. Tu descends ?

— J'arrive, lui répondit une voix étouffée.

Jacques se tourna vers son voisin.

— Depuis jeudi, il passe son temps enfermé dans sa chambre et travaille presque nuit et jour sur ce projet de chanson.

— Je me demande bien ce que ça va donner, cinq vieux croulants en train de rapper, s'amusa l'ancien instituteur.

— Nous verrons bien, conclut Jacques en grimaçant au moment où Timéo dévalait les marches à toute vitesse, un sac à dos sur l'épaule.

Ils se garèrent dans un parking public de Perclin, non loin de la rue des Alouettes, où se trouvaient les locaux des services sociaux du département. René avait insisté pour les accompagner, à la fois pour leur offrir un soutien moral et pour le plaisir de saluer Mathilde Guichard, qu'il n'avait plus revue depuis son départ en retraite, douze ans auparavant.

Son bureau se situait au dixième et dernier étage d'un immeuble moderne. Dans un fol espoir de disposer de son propre pôle commercial et financier, le maire de la commune avait lancé la construction de bâtiments dignes de l'emblématique secteur de La Défense, quoique moins élevés que les hautes tours de verre qu'abritait le célèbre quartier d'affaires. Après avoir décliné leur identité à l'hôtesse d'accueil, elle leur remit à chacun un badge visiteur et les autorisa à monter. Ils prirent un ascenseur aux allures futuristes qui les amena au sommet de l'immeuble et leur annonça l'étage d'arrivée d'une voix robotique. Timéo sembla épaté par cette machine parlante, ainsi que par le design des couloirs blancs aux murs vitrés. L'adolescent avait l'impression de se balader dans un film de science-fiction plutôt qu'au sein d'une administration française.

Mathilde Guichard les accueillit avec amabilité et après leur avoir offert un café qu'ils déclinèrent, les invita à prendre place dans une salle de réunion au look aussi moderne que le reste des lieux. Les trois résidents du lotissement des Genêts s'assirent d'un côté de la table ovale et leur interlocutrice s'installa de l'autre, un bloc et un stylo posés devant elle. C'était une petite femme ronde d'une cinquantaine d'années, avec une chevelure crépue et un nez busqué que surmontait une paire de lunettes cerclées de métal rouge.

— Alors, c'est toi, le fameux fugueur ? demanda-t-elle à Timéo d'une voix pleine de bienveillance.

Intimidé, l'adolescent hocha la tête.

— Et pourquoi t'es-tu enfui de chez ta famille d'accueil ?

Le jeune homme hésita. Jacques lui posa une main réconfortante sur la cuisse.

— Tu peux parler, lui dit-il.

Il culpabilisait un peu d'obliger son protégé à mentir, mais il n'y avait pas d'autre solution s'il voulait pouvoir l'adopter. Aussi gentille qu'elle soit, madame Guichard ne verrait pas d'un bon œil son dossier de candidature si elle apprenait qu'il hébergeait Timéo en cachette depuis plus d'un an. Ils avaient répété ensemble l'histoire qu'il devait raconter. Il avait fugué, avait bourlingué pendant de longs mois, puis il était tombé malade quelques semaines plus tôt, et, à court d'argent et à bout de forces, il s'était décidé à contacter la seule personne en qui il ait jamais eu confiance, son ancien entraîneur de basket, dont il avait conservé précieusement le numéro de téléphone.

— Ils me battaient, avoua Timéo à l'assistante sociale d'un ton gêné.

Elle inscrivit quelque chose dans son calepin et releva la tête.

— Cela vous ennuie si je m'entretiens seule avec lui ? C'est souvent plus facile de s'exprimer.

Jacques et René lui affirmèrent qu'ils n'y voyaient aucun problème et, après s'être assurés que la situation convenait à Timéo, quittèrent la salle. Ils s'installèrent dans le local de pause que leur avait indiqué Mathilde Guichard. René se cala dans un canapé de style scandinave en tissu rouge, mais Jacques était trop anxieux pour l'imiter. Il faisait les cent pas dans la pièce, les mains derrière le dos.

— Arrête, tu me fous le tournis, se plaignit René au bout d'un moment. Viens donc t'asseoir.

— Je ne peux pas, j'ai les nerfs en boule, j'ai besoin de me défouler. Ils sont enfermés là-dedans depuis au moins vingt minutes. Qu'est-ce qu'ils peuvent bien se raconter ?

— Tout est parfaitement normal, le rassura l'ancien instituteur. J'ai déjà accompagné des élèves ici plusieurs fois et l'entretien dure toujours une éternité. Les mômes ont du mal à parler, alors Mathilde prend son temps pour les mettre en confiance.

Il se leva, s'approcha du distributeur de boissons et extirpa une pièce du fond de sa poche, qu'il glissa dans la fente de l'appareil.

— Tiens, bois ça, ordonna-t-il à Jacques en lui tendant la bouteille d'eau qu'il venait d'acheter.

C'est moins efficace qu'un verre de whisky, mais ça te fera du bien.

Au bout d'un temps qui leur parut interminable, l'assistante sociale vint les chercher.

— Nous avons fini, leur annonça-t-elle.

Ils la suivirent dans la salle de réunion. Jacques posa aussitôt un regard anxieux sur Timéo, qui semblait calme, mais éprouvé. Ils reprirent leurs places initiales, Jacques à droite de l'adolescent, René à sa gauche.

— Monsieur Carlier, Timéo m'a raconté comment vous l'avez soutenu à l'époque où vous étiez son entraîneur de basket et la façon dont vous l'avez recueilli après sa fugue. Il ne fait aucun doute que ce garçon vous aime beaucoup.

Jacques tourna la tête vers son protégé et lui sourit, heureux d'avoir confirmation de ce qu'il savait déjà. Timéo lui rendit son sourire avec un brin de timidité. Comme beaucoup de jeunes de son âge, il détestait exposer ses sentiments.

— D'après ce que m'a dit monsieur Mulot, vous souhaiteriez déposer une demande d'adoption en vue de devenir officiellement le parent de Timéo. C'est bien cela ? s'enquit Mathilde Guichard.

— En effet, je suis très attaché à cet enfant et je serais heureux de pouvoir lui offrir un foyer.

L'assistante sociale écrivit quelques lignes sur son bloc et Jacques dut résister à la tentation de se pencher pour en déchiffrer le contenu.

— Avez-vous bien conscience des conséquences qu'entraînerait l'arrivée d'un adolescent dans votre vie ? demanda la femme d'un ton soudain plus sérieux. Vous êtes tout de même assez âgé et un tel changement pourrait être difficile à vivre. Comprenez bien que je ne cherche qu'à trouver la meilleure solution pour Timéo et pour vous.

— J'ai beau avoir soixante-quinze ans, je suis en forme et je compte bien vivre encore de nombreuses années. Depuis l'arrivée de Timéo dans ma vie, j'ai l'impression d'avoir rajeuni. J'ai toujours rêvé d'avoir un fils et aujourd'hui, ce rêve est devenu une réalité. Je vous en prie, ne me séparez pas de lui.

Il sentit la main de Timéo se glisser dans la sienne.

— S'il vous plaît, madame Guichard, ajouta la voix suppliante du jeune homme.

La fonctionnaire hocha la tête.

— Je ne peux rien vous promettre, mais je vais appuyer votre demande. Nous allons constituer un dossier pour la commission d'agrément. Monsieur Carlier, il faudra que je passe chez vous, pour m'assurer que votre logement permet d'accueillir un enfant. J'aurai également besoin d'un certain nombre de documents. Extrait de casier judiciaire, certificat médical, copie de votre acte de naissance et justificatifs de ressources.

— Nous vous avons apporté tout ça, intervint René. Je me suis permis d'indiquer à Jacques les éléments à rassembler pour gagner du temps.

Timéo fouilla dans son sac à dos et en sortit une pochette en carton qu'il posa sur la table. Mathilde Guichard l'ouvrit et rajusta ses lunettes sur son nez pour examiner les pièces qui s'y trouvaient. Lorsqu'elle eut terminé sa lecture, elle releva la tête et sourit.

— Cela me semble très bien. Je vais préparer le formulaire pour la demande d'adoption et également celui vous désignant comme famille d'accueil. Cela permettra à Timéo de demeurer chez vous durant la procédure d'instruction, qui prendra plusieurs mois. Si vous voulez bien me suivre dans mon bureau, nous allons remplir les papiers.

31

« Un neuf quatre zéro j'suis vénère, Alzheimer ta mère. »

— Voilà les paroles, déclara Timéo dont le visage irradiait de fierté.

Il avait réuni dans le salon de Jacques les membres du Comité de résistance du lotissement des Genêts. Il leur distribua une feuille à chacun et essuya ses paumes moites sur son jean. Il avait travaillé dur pour composer ce morceau et était très anxieux de l'accueil que lui réserveraient ses futurs interprètes. Les intéressés chaussèrent leurs lunettes pour déchiffrer le texte imprimé par l'adolescent.

— « Alzheimer ta mère » ? lut René en haussant un sourcil circonspect.

— C'est le titre, expliqua Timéo. « Ta mère », c'est une expression super populaire chez les jeunes. Un peu comme une insulte mais en plus marrant. Ici, ça veut dire que vous vous moquez d'alzheimer, que vous n'avez pas peur de la maladie.

Nicole gloussa.

— Alors dans ce cas, ça me plaît. De mon temps, on aurait plutôt dit : « Arrête ton char Alzheimer », mais il faut vivre avec son époque.

— Je suis content que vous kiffiez, euh, que vous aimiez. Je vais vous la chanter si vous voulez.

Timéo attrapa la télécommande de la télévision, la colla à sa bouche comme un micro, et commença à chanter d'un débit saccadé, accompagnant les paroles de gestes à la rythmique cadencée.

Laisse-moi te raconter la story d'ma fin d'vie
Je crache mon flow sur la basse et c'est gros

J'ai la paire d'as et un mental de guerrier
J'te laisse imaginer c'qui peut arriver

J'suis une time bomb bébé
Une killing machine déguisée en papi
J'ai plus d'temps à perdre
Ton supermarché tu peux le garder
Ma fierté dans ta face c'est ma seule thérapie

Chantal René Françoise Nicole et Jacques
Avec ma tribu
On ne réclame pas
On arrache notre dû

La maison des vieux on n'ira pas
Dix ans de tôle on fera pas

Un neuf quatre zéro pas l'temps pour Alzheimer
Compte pas sur nous pour crever comme des loosers
Un neuf quatre zéro j'suis vénère, Alzheimer ta mère !

Des applaudissements saluèrent sa prestation. Un sourire jusqu'aux oreilles, le jeune homme paraissait aux anges.

— C'est très… spectaculaire ! commenta Françoise. Mais je ne suis pas sûre d'avoir compris toutes les paroles. C'est quoi, le flow, par exemple ?

— C'est un mot anglais, intervient Jacques à qui Timéo avait déjà donné plusieurs leçons de rap. Ça désigne le phrasé, le rythme créé par les mots dans la chanson et la façon dont ils sont prononcés.

— Je vois, c'est la démonstration que vient de nous faire Timéo en somme.

— Exactement, confirma l'intéressé.

Il leur donna aussi la signification des autres mots anglais du texte, les cinq retraités n'étant guère à l'aise avec la langue de Shakespeare.

— Et pourquoi ces chiffres ? Un neuf quatre zéro ? s'enquit Jacques en se tapotant la tempe avec l'index.

— C'est une date, mille neuf cent quarante, précise l'adolescent. La décennie de vos années de naissance.

Il marque une hésitation, avant d'ajouter.

— Enfin si je ne me suis pas trompé.

— Tu as tout bon, mon petit, le rassura Françoise d'un ton amusé. Bravo pour ce beau travail créatif.

Ses quatre amis se joignirent à elle pour féliciter le jeune homme, dont la joie faisait plaisir à voir. Rechignant à gâcher sa gaîté, aucun d'eux n'osa avouer ses inquiétudes. Tout juste échangèrent-ils quelques regards tracassés, comme pour se dire : « Dans quoi avons-nous fourré les pieds ? » Nicole, Françoise, Chantal et René prirent congé, non sans avoir promis à Timéo d'apprendre par cœur les paroles de la chanson, ce qui à leur âge relevait du challenge. Rendez-vous fut pris pour le surlendemain afin d'attaquer les répétitions.

— Vous croyez qu'on va y arriver ? demanda Nicole une fois que ses amis et elle eurent regagné la rue.

Elle avait dû presque crier pour être entendue, tant le boucan produit par le chantier était assourdissant. Depuis la veille, les ouvriers coulaient du béton pour réaliser les fondations du supermarché et leurs engins généraient un vacarme de tous les diables. René leva le bras en l'air, comme pour chasser une mouche imaginaire.

— Bah, quelle importance. Même si on est nuls, on s'en bat les couilles. À mon âge, je me moque de ce que peuvent penser les gens. Ça fait tellement plaisir au gamin de réaliser ce clip de rap avec nous, on peut bien faire un effort.

— C'est vrai, approuva Françoise. Et puis ça peut être marrant.

— Ma voyante m'a prédit qu'un vent de nouveauté soufflerait sur ma vie, je crois que c'est un signe, déclara Chantal en pliant avec application la feuille remise par Timéo pour la glisser dans son sac à main.

— Oh vous avez raison, après tout, on n'a rien à perdre, acquiesça Nicole d'un ton déterminé. Il y a belle lurette que je n'ai pas fait un truc un peu fou, alors allons-y.

René laissa échapper un rire et se tapa sur la cuisse.

— Tu plaisantes ? Et Raoul le bouc, c'était pas un peu fou ? Et les pétards ? Et les os humains ? Tu veux qu'on aille demander son avis à Patrick Chamart ?

Les trois femmes rirent à leur tour.

— Si nos enfants savaient tout ça, ils penseraient qu'on est atteint d'Alzheimer, s'amusa Nicole.

René pointa deux doigts en V vers le sol, comme il avait vu Timéo le faire lors de son interprétation du morceau de rap.

— Un neuf quatre zéro j'suis vénère, Alzheimer ta mère ! déclama-t-il en imitant à la perfection la rythmique d'un rappeur, déclenchant un nouvel éclat de rire général suivi d'applaudissements.

— Chéri, tu vas faire un tabac dans cette vidéo, se réjouit Chantal.

L'ancien instituteur gonfla la poitrine, son visage rond illuminé par le compliment.

— Ah oui, tu crois ? Tu penses que je pourrai porter mon complet violet pour chanter ?

Il caressa avec amour le velours gris de sa tenue du jour.

— Une occasion comme celle-ci mérite un costume neuf. Nous irons demain au magasin pour t'en acheter un. Monique, la patronne de L'homme chic et moderne, m'a dit qu'elle soldait sa collection de l'année dernière.

René s'apprêtait à protester contre cette injustice – pourquoi devrait-il se contenter d'un vêtement de l'an passé ? – quand Françoise émit un hoquet affolé et porta une main à sa bouche.

— Je viens juste de réaliser que je ne pouvais pas tourner dans ce clip, se lamenta-t-elle d'une voix angoissée.

— Pourquoi donc ? lui demanda Nicole avec une expression intriguée.

— Mais à cause de mes enfants ! gémit l'octogénaire en montant dans les aigus. S'ils me voient sur ce fassebouc machin chose, ils vont savoir que je n'ai pas disparu. Et j'aurai droit à un séjour tous frais payés en maison de retraite.

— C'est vrai que c'est ennuyeux, approuva Chantal d'un ton compatissant.

Nicole tapota le bras de son amie.

— Taratata, pas de défaitisme. Chantera bien qui chantera le dernier. Tes enfants sont trop âgés pour écouter du rap, de toute façon. Et puis quoi qu'en dise Timéo, je doute qu'une vidéo avec cinq vieux déchaîne les foules. Notre prestation passera sûrement inaperçue.

— Ce qui ne résoudra pas notre problème de supermarché, remarqua René.

— Non, mais au moins on se sera amusés, rétorqua Nicole.

32

« Avec son nouveau costume en velours vert, il avait un look terrible. »

— Mettez-vous là, monsieur René, ordonna Timéo en indiquant un emplacement sur la chaussée, devant sa maison. Au deuxième couplet, vous avancez d'un pas vers moi. Vous vous rappelez la gestuelle que je vous ai montrée ?

L'ancien instituteur avait eu beau lui demander à plusieurs reprises de l'appeler par son prénom, le jeune homme n'y parvenait pas et ajoutait toujours avant un « monsieur » respectueux.

— Gamin, je suis peut-être vieux, mais je ne suis pas encore sénile, grommela René, vexé que l'on mette en doute sa mémoire.

— OK, nickel, approuva Timéo sans se formaliser de l'humeur de son chanteur.

C'était bien connu, les stars avaient leur petit caractère et il sentait que monsieur René allait être une sacrée star. Il se tourna ensuite vers le reste du groupe.

— Vous, vous vous placez derrière lui, deux de chaque côté.

Les rappeurs en herbe acquiescèrent et gagnèrent leur poste. Après une heure de répétitions, Timéo avait décidé que René serait l'interprète principal du morceau. Pour son âge, il avait un flow impressionnant et avec son nouveau costume en velours vert, il avait un look terrible. Il allait déchirer grave à l'écran, Timéo en aurait mis sa main à couper. Devant l'engouement des cinq retraités pour le titre de la chanson, il avait remanié son texte. Dorénavant, il comprenait un refrain entre les strophes, que les aïeuls reprendraient en chœur.

Un neuf quatre zéro pas l'temps pour Alzheimer.

La journée était idéale pour filmer. Le beau temps était de la partie et comme on était dimanche, les ouvriers ne travaillaient pas. Timéo avait convaincu Jacques de procéder à quelques achats nécessaires à la réalisation du clip. Maintenant qu'ils n'étaient plus obligés de se cacher, ils pouvaient faire du shopping. Lors de sa visite de l'avant-veille, madame Guichard, l'assistante sociale, avait considéré que la maison était adaptée à l'accueil d'un adolescent et avait donc approuvé le lancement de la procédure d'adoption. En attendant que Jacques obtienne son agrément, elle avait autorisé Timéo à résider chez lui. Et il irait même au collège à la rentrée prochaine. Il aurait bien aimé commencer tout de suite, mais comme il ne restait qu'un mois et demi avant la fin de l'année de scolaire, madame Guichard craignait que ce soit trop compliqué pour lui de s'intégrer. Il était impatient de débuter sa nouvelle scolarité et encore plus impatient d'être officiellement le fils de Jacques, afin que plus personne ne puisse les séparer.

Il brancha la sono, alluma son appareil photo flambant neuf et enclencha le mode caméra.

— C'est normal qu'on n'ait pas de micro ? demanda Jacques.

— Oui, j'ajouterai les voix en post-prod, expliqua Timéo d'un ton professionnel. Demain, on fera une session d'enregistrement à la maison avec des micros pour avoir un bon son.

Depuis que Jacques l'avait recueilli, il se passionnait pour la musique et surtout pour le rap. Dès qu'il avait un moment de libre, il s'entraînait dans sa chambre à composer et chanter des morceaux qu'il enregistrait sur son ordinateur. Il maîtrisait déjà les techniques de montage audio et avait potassé toute la semaine pour assimiler les ficelles du tournage vidéo.

— Vous êtes prêts ? lança-t-il à ses chanteurs.

— Aussi prêts qu'un whisky de trente ans d'âge ! s'écria René avec enthousiasme.

— C'est parti mon kiki ! ajouta Nicole qui avait l'impression d'être une de ces stars de la téléréalité dont elle regardait parfois l'émission avant de dîner.

— Alors ça tourne ! annonça Timéo en appuyant sur le bouton.

René attaqua le premier couplet sans difficulté, mais, pour le second, il oublia de sortir de sa poche les deux cartes à jouer censées illustrer la paire d'as des paroles. L'adolescent l'assura que ce n'était pas grave et qu'il était de toute façon préférable de réaliser plusieurs prises. Ils recommencèrent donc une deuxième, puis une troisième fois. Ils se déplacèrent ensuite devant le chantier, afin de changer de décor pour le troisième couplet, celui qui parlait du supermarché. Les parties les plus difficiles étaient le refrain, car Françoise, perturbée par le stress, peinait à mémoriser le texte et se mélangeait régulièrement les pinceaux entre les chiffres, qui étaient pourtant ceux composant son année de naissance. Si le son n'avait pas une grande importance à ce stade, puisque Timéo le couperait au montage pour le remplacer par l'enregistrement sonore plus professionnel qu'ils réaliseraient le lendemain, les mimiques de la vieille dame chaque fois qu'elle se trompait s'avéraient plus problématiques.

Lorsque Timéo fut satisfait du résultat, il donna le signal du départ. Ils se groupèrent dans deux voitures, direction la maison de retraite. Le jeune homme souhaitait filmer la métaphore sur la « maison des vieux » devant la résidence pour personnes âgées de Perclin.

Le bâtiment possédait la simplicité et l'architecture standardisée typiques des années 1970. Des fenêtres rectangulaires, toutes identiques, réparties de façon uniforme sur une façade dont la peinture grise aurait mérité une rénovation. Le seul point positif du lieu était son parc arboré garni de bancs sur lesquels quelques résidents profitaient du soleil.

— Quand je pense que mes enfants comptaient m'enfermer ici, s'indigna Françoise en contemplant l'immeuble d'un œil effaré.

— Ma fille aussi s'est mis en tête de m'envoyer en maison de retraite, avoua Nicole d'une voix malheureuse.

Seul Jacques, et par voie de conséquence Timéo, étaient au courant des intentions de Valérie. René, Chantal et Françoise la dévisagèrent, la mine stupéfaite.

— Bordel de paupiette de veau moisie, mais ils sont cons comme des pieds de chaise, ces mômes. Qui est-ce qui nous a foutu une descendance pareille ?

Son visage avait viré au rouge et une pellicule de sueur luisait sur son front dégarni. Il se tourna vers sa femme.

— Bichette, je te préviens, si nos gosses profèrent une menace pareille, j'appelle le notaire pour les rayer de notre testament.

— Du calme, chéri, pense à ta tension, lui enjoignit Chantal, les sourcils plissés par l'angoisse.

— Vous inquiétez pas, monsieur René, quand la France entière aura vu notre clip vidéo, plus personne n'osera vous envoyer en maison de retraite, intervint Timéo en tendant une bouteille d'eau à son chanteur star.

Ils prirent place devant le muret en pierres blanches qui délimitait la résidence pour personnes âgées. Il était assez bas pour permettre à la caméra de capturer le parc et le bâtiment, et même un couple de résidents qui discutait sur un banc. Quand Timéo enclencha la musique, les deux petits vieux tournèrent la tête vers eux pour comprendre d'où provenait ce raffut.

— On va devoir se dépêcher, remarqua Jacques, car je pense que le personnel ne va pas tarder à nous chasser avec le boucan qu'on fait.

Par chance, René avait répété son texte dans la voiture et il ne fallut que deux prises pour enregistrer le couplet. Même Françoise se surpassa et réussit à déclamer le refrain du premier coup. Timéo aurait bien voulu filmer la dernière strophe dans le centre-ville de Perclin, mais le groupe opposa un veto ferme à cette proposition. Ils avaient quand même une réputation à tenir et il était évident pour eux que les commerçants ne comprendraient pas pourquoi quatre septuagénaires et une octogénaire se livraient à un exercice ridicule pour leur âge. Sans compter que Françoise ne pouvait pas prendre le risque d'être reconnue puisqu'elle était toujours supposée avoir disparu, du moins tant que l'un de ses enfants ne tomberait pas sur la vidéo. Timéo n'insista pas et se rabattit sur le salon de Chantal. Avec ses nombreux bibelots et ses assiettes au mur, le décor rétro offrirait un contraste saisissant avec la modernité du morceau de rap.

Ils terminèrent DE tourner juste avant à l'heure de l'apéritif, pour le plus grand bonheur de René, qui invita tout le monde à fêter la journée autour d'un verre.

Le lendemain, ils se retrouvèrent chez Jacques pour la seconde étape : la réalisation de la bande-son. Timéo avait transformé sa chambre en studio d'enregistrement : draps tendus sur les murs pour isoler du bruit, micros, écouteurs. Et bien sûr une foule de câbles qui couraient du matériel aux prises électriques en passant par son ordinateur. Déjà rodés à l'exercice grâce au tournage de la veille, les cinq rappeurs en herbe se montrèrent bien plus à l'aise dans la performance musicale et déclamèrent les paroles sans se tromper et avec un flow très convenable pour des débutants.

Impatient de démarrer le montage du clip, Timéo jeta presque dehors le groupe pour s'enfermer dans sa chambre, casque sur les oreilles.

33

« Pour cinq vieux croulants, ça avait quand même une putain de gueule. »

Le grand jour était venu, celui du visionnage de leur clip. Timéo avait passé quarante-huit heures à travailler sans relâche sur le montage et il était très satisfait du résultat. Pour l'occasion, les résidents du lotissement des Genêts s'étaient rassemblés dans le salon de Jacques, qui possédait le téléviseur le plus large et le plus perfectionné, hébergement d'un adolescent oblige. À sa grande surprise, Nicole était impatiente de voir le résultat. Au départ, elle avait joué le jeu pour Timéo. Pourtant lors du tournage, elle s'était progressivement impliquée dans l'aventure, au point qu'aujourd'hui, elle ressentait un mélange d'anxiété et d'excitation à l'idée de se découvrir à l'écran. Elle observa l'attitude de ses amis et constata qu'ils semblaient partager son empressement. René arborait son nouveau costume en velours vert, Françoise avait fait sa couleur et sa mise en plis et le mauve de ses mèches était plus pimpant que d'ordinaire. Quant à Chantal, elle portait autour du cou son médaillon fétiche, un trèfle à quatre feuilles en argent. Seul Jacques restait égal à lui-même, imperturbable et impassible, quelles que soient les circonstances. Mais il lui avait confié la veille, lorsqu'il était venu prendre le thé en tête à tête chez elle, qu'il était heureux que Timéo se soit lancé dans ce projet. Depuis qu'il avait recueilli le jeune garçon, c'était la première fois qu'il le découvrait aussi épanoui.

Personne n'était au courant de leurs rendez-vous secrets, même si Timéo se doutait sûrement de quelque chose. Ils se voyaient tous les deux jours, pour un thé dans l'après-midi. Parfois, ils s'asseyaient sur la terrasse et se tenaient la main en contemplant la campagne. Cela n'allait pas plus loin et pour l'instant, cela leur suffisait. On verrait bien ce que l'avenir leur réserverait.

— Vous êtes prêts ? demanda Timéo d'un ton surexcité.

Un « oui » collectif résonna dans le salon. Il appuya d'un doigt fébrile sur le bouton lecture de la télécommande. René apparut en gros plan, Chantal et Françoise se tenaient à sa droite et Nicole et Jacques à sa gauche.

Laisse-moi te raconter la story d'ma fin d'vie.

Lorsque sa voix sourde et rocailleuse s'éleva dans la pièce, les cinq retraités poussèrent des acclamations et tapèrent dans leurs mains comme une bande de mômes à leur premier concert. Timéo avait accompli un travail remarquable, tant dans l'organisation du clip que dans le montage sonore et vidéo. Le résultat était dynamique, drôle, décalé, et même dément comme l'affirma avec entrain l'adolescent. Jamais Nicole et ses amis n'auraient pu imaginer un tel rendu. Certes, le rap n'était pas leur style musical, certes, ils préféraient et préféreraient toujours Aznavour aux jeunes rappeurs dont Timéo leur avait fait découvrir les chansons. Mais, comme le disait René, pour cinq vieux croulants, ça avait quand même une putain de gueule.

Sur une suggestion de René, Jacques déboucha une bouteille de champagne pour fêter cette jolie réussite. Peut-être n'aurait-elle pas le résultat qu'en espérait Timéo, mais ils s'étaient bien amusés tous les six, ils avaient accompli une chose dont ils ne se seraient jamais crus capables et pour eux, cela valait tout l'or du monde.

— On fait quoi maintenant ? demanda Nicole en trinquant.

Pour l'occasion, même Timéo avait eu droit à un fond de champagne. Il grimaça lorsque le liquide amer et pétillant franchit ses lèvres.

— Beurk, je préfère un Coca, déclara-t-il avant de s'éclipser dans la cuisine et d'en revenir avec une canette de soda.

Il prit le temps d'en boire une gorgée pour chasser de sa bouche le goût de l'alcool avant d'annoncer la suite des opérations.

— Maintenant, je vais poster la vidéo sur Youtube, Facebook, Instagram et Tiktok.

— Et ensuite ? demanda Jacques.

— Ensuite on attend, répondit le jeune homme avec un rire gai. Cela peut prendre plusieurs jours et même plusieurs semaines avant que le clip ait du succès.

— Et comment on saura si on a du succès ? s'enquit Nicole en s'asseyant sur le canapé en tissu bordeaux.

Elle avait bu son champagne trop vite et la tête lui tournait. À son âge, elle n'était plus habituée à tant d'émotions.

— Je surveillerai si on a des likes et des commentaires, répliqua Timéo entre deux gorgées de soda.

Il fut forcé d'expliquer ce qu'était un like et en profita pour donner à ses futures stars un cours sur le fonctionnement des réseaux sociaux. René était tellement emballé à la fin de son exposé que Chantal dut user de toute sa force de persuasion pour le dissuader de se créer un profil Facebook.

Avant de se séparer, les résidents du lotissement des Genêts décidèrent de se revoir deux jours plus tard, afin de faire le point sur le succès de leur clip et de réfléchir à une autre stratégie si celle-ci échouait, ce dont ils étaient tous convaincus (à part bien sûr Timéo, qui croyait dur comme fer au triomphe de sa vidéo et de ses rappeurs).

Le succès n'arriva pas en deux jours. Le lendemain matin, Timéo déboula en pyjama à sept heures dans la chambre de Jacques, son ordinateur dans les bras.

— On a réussi ! hurla-t-il en ouvrant la porte à la volée avec tant de force que la poignée laissa une marque sur le papier peint.

Il sauta sur le lit de Jacques et lui agita l'écran sous le nez. Un flot de paroles hystériques sortait de sa bouche, auxquelles le septuagénaire mal réveillé ne comprenait pas un traître mot. Il le prit par les épaules.

— Du calme, mon gars, tu vas trop vite pour moi. Peux-tu recommencer en parlant plus lentement ?

Timéo grimaça, mais se résigna à obtempérer.

— Il y a des tonnes de likes et de commentaires sur notre vidéo, expliqua-t-il avec un sourire radieux.

— Ah, c'est bien ça, se réjouit Jacques qui venait enfin de comprendre. Alors, c'est quoi des tonnes ? Plusieurs centaines ?

Les yeux de Timéo s'écarquillèrent en une mimique ulcérée.

— Tu déconnes ? Je serais pas aussi énervé si on n'avait que quelques centaines de likes ! On a cinquante mille vues sur Facebook et plus de dix-sept mille likes ! Et c'est pareil sur Youtube, Instagram et Tiktok !

À nouveau, le débit de l'adolescent s'accélérait sous le coup de l'excitation et Jacques, abasourdi par les chiffres qu'il venait d'entendre, ne songea même pas à le réprimander pour le langage grossier qu'il avait utilisé. Il s'éjecta de son lit avec une énergie peu coutumière à cette heure de la journée.

— Il faut qu'on annonce ça aux autres. File te laver et t'habiller, je vais leur téléphoner pour leur dire de passer nous voir.

Une heure plus tard, Chantal, Françoise, Nicole, René et Jacques, installés autour de la table ronde de la salle à manger, observaient, médusés, Timéo leur montrer sur son ordinateur les réactions provoquées par leur clip. Même pour le jeune homme, un tel succès était inattendu. Il savait que ça fonctionnerait. Cinq personnes âgées qui chantaient du rap, c'était un truc que les réseaux sociaux allaient adorer. Mais à ce point-là ? Le nombre de likes grimpait à vue d'œil, les commentaires débordaient d'enthousiasme et les gens partageaient la vidéo à tout-va.

— Bah mon cochon, si on m'avait dit qu'un jour, je serais une star d'Internet… déclara René d'un ton éberlué.

— Qu'est-ce qui va se passer, maintenant ? demanda Nicole à Timéo.

Le jeune homme était devenu leur spécialiste en matière de réseaux sociaux et les cinq retraités le considéraient comme une sorte de dieu tout-puissant, ce qui amusait beaucoup l'intéressé, peu habitué à ce qu'on lui manifeste autant d'intérêt.

— Faut profiter de notre succès pour expliquer votre problème avec le projet de supermarché, affirma-t-il avec entrain. Je vais publier un post sur Internet.

— On pourrait aussi contacter la presse locale, suggéra Jacques.

— Bonne idée, approuva Timéo. Je partagerai la vidéo sur leur page en leur proposant une interview.

34

« Bon, maintenant que le problème de Dieu est réglé, si tu nous en disais plus, petit ? »

Les choses s'enchaînèrent si vite que Nicole en avait presque le tournis. Le succès de leur clip sur Internet augmentait de jour en jour. Les chiffres se comptaient maintenant en centaines de milliers. *La Gazette de Perclin*, contactée par Timéo, avait répondu favorablement à la demande d'interview. Une journaliste devait venir les rencontrer cet après-midi même. Leur histoire commençait à prendre de l'ampleur dans la région. La septuagénaire recevait des coups de téléphone chaque jour d'amis ou de connaissances plus ou moins éloignés qui avaient regardé leur vidéo, ou en avaient entendu parler par leurs petits-enfants. Marion avait été l'une des premières à féliciter sa grand-mère. Sa petite-fille avait découvert avec stupeur dans son fil d'actualité Instagram sa mamie et ses voisins en train de rapper. Passé l'effet de surprise, elle s'était montrée très fière de son aïeule et n'hésitait pas à partager le film à tous ses camarades.

Sa fille, en revanche, n'avait pas caché sa désapprobation lorsqu'elle avait appris la nouvelle. Valérie trouvait dégradant que sa mère se livre à un tel spectacle. « Ce n'est plus de ton âge », avait-elle affirmé à Nicole d'un ton méprisant. Ce à quoi Nicole avait rétorqué d'une voix malicieuse : « C'est peut-être justement ça, le secret de la jeunesse, ma chérie. » Au moins n'avait-elle pas remis sur le tapis le sujet de la maison de retraite, trop occupée à pester contre les folies de sa mère, comme elle les appelait.

Afin de réaliser l'interview tous ensemble, les résidents du lotissement des Genêts s'étaient rassemblés chez Nicole pour accueillir la journaliste. Cette dernière se présenta avec quinze minutes de retard, qu'elle attribua aux embouteillages. Camille Joubert était une quadragénaire avenante, quoiqu'un peu maladroite, puisqu'elle renversa d'emblée la tasse de café que Nicole lui servit.

— Oh là là, je suis navrée, s'excusa-t-elle en tentant d'éponger les dégâts avec une serviette en papier.

Le liquide noir s'était répandu sur la table basse et avait également éclaboussé le sofa et son chemisier blanc. Nicole alla chercher l'essuie-tout dans la cuisine pour nettoyer.

— Ne vous inquiétez pas, mon canapé en a vu d'autres, la rassura la septuagénaire. Si vous saviez tout ce que ma petite-fille a pu déverser dessus quand elle était enfant… En revanche, votre vêtement a souffert.

Elle désigna du doigt les taches marron qui maculaient le tissu blanc.

La journaliste haussa les épaules.

— Oh, lui aussi en a vu d'autres, gloussa-t-elle. Ce genre d'incident m'arrive un peu trop souvent. Mais je ne vais pas vous faire perdre votre temps avec le récit de mes gaffes. Si vous me parliez de vous ?

René, qui, en tant que chanteur principal s'était attribué le titre de leader du groupe, se porta volontaire pour commencer. Emporté par l'exaltation, il s'attarda longuement sur sa carrière d'instituteur, se perdit dans de grandes envolées lyriques, s'égara au détour de quelques jurons, et passa à regret la parole à Chantal, qui lui donnait des coups de coude dans l'estomac pour qu'il cesse son monologue.

La journaliste notait sur un carnet ce qu'ils disaient, bien qu'elle leur ait demandé l'autorisation de les enregistrer aussi avec son téléphone.

Françoise expliqua comment, pour échapper à la maison de retraite, elle avait simulé une fugue, anecdote qui amusa beaucoup Camille Joubert. Jacques, accompagné de Timéo, parla de leur procédure d'adoption en cours. Nicole raconta leur désir de terminer leurs jours dans ce lotissement qu'ils aimaient tant, elle raconta la construction d'un supermarché à deux pas de leur porte, qui risquait de bouleverser leurs vies tranquilles, elle raconta leur décision de tout changer pour que rien ne change, elle raconta comment Raoul le bouc, les pétards et les os humains avaient remplacé le tricot, la belote et les soirées télé dans leur existence jusque-là paisible.

L'article fut publié le lundi suivant, sous le titre « *Alzheimer ta mère*, ou comment une bande de retraités deviennent des stars du rap pour préserver leur mode de vie ». Les radios locales s'emparèrent du sujet, les demandes d'interview se multiplièrent, les coups de fil redoublèrent et l'exaspération de Valérie aussi. La fille de Nicole ne décolérait pas de voir sa mère se donner en spectacle et annula même sa venue prévue pour la semaine suivante. Habituée au caractère soupe au lait de sa progéniture, la vieille dame décida de ne pas s'en préoccuper et se réjouit secrètement de la faire enrager. Cela lui apprendrait à vouloir la caser en maison de retraite.

Françoise se heurtait elle aussi à l'incompréhension de ses enfants. Quand ils avaient découvert en lisant la presse que leur mère se portait comme un charme et qu'elle se cachait sous leurs nez depuis le début, ils prirent assez mal la chose. Antoine menaça même de la faire interner pour démence sénile.

— Mon chéri, tu n'as décidément rien compris, lui avait rétorqué la vieille dame d'un ton sévère. Si tu avais accordé plus d'intérêt aux paroles de notre chanson, tu aurais réalisé que mes amis et moi sommes tout ce qu'il y a de plus sain d'esprit. Et si tu oses me qualifier encore une fois de folle, je contacte les journalistes pour leur raconter comment mon fils aîné traite sa mère. Et crois-moi, maintenant que je suis une star sur fassebouc, j'aurai toute l'attention que je désire.

Cette conversation avait clos le sujet, mais rien n'était réglé pour autant. Les travaux avançaient, Patrick Chamart ne semblait pas impressionné par le battage médiatique et la presse locale commençait à se désintéresser de leur histoire. Les spectres du supermarché et de la maison de retraite planaient toujours. Le désespoir gagnait le Comité de résistance du lotissement des Genêts quand Timéo reçut sur Facebook un message qui le fit décoller de sa chaise. Il s'engouffra dans l'escalier et dévala les marches quatre à quatre pour annoncer la nouvelle à Jacques. Ils convoquèrent aussitôt en urgence une réunion avec leurs voisins. Ils sortirent les verres, les bouteilles et quelques amuse-gueule pour accueillir leurs invités. Il n'était que dix-huit heures, mais comme le disait René, il n'est jamais trop tôt pour un apéro.

Bien qu'il trépigne d'impatience, Timéo attendit que tout le monde soit installé dans le salon et servi pour révéler l'objet de la séance du jour.

— Vous allez passer à la télé ! claironna-t-il avec l'enthousiasme d'un commentateur sportif lors d'un but de l'équipe de France de football.

— Hein ? s'exclama René. Tu déconnes ?

— Mais quelle télé ? demanda Nicole, partagée entre l'excitation et la peur.

— Dans une émission spéciale sur les tubes de l'année présentée par Sandrine Denis, expliqua l'adolescent d'un débit trop rapide.

Un hurlement hystérique accueillit sa déclaration. Chantal jaillit de sa chaise, les mains plaquées contre son visage.

— Jésus Marie Joseph ! On va rencontrer Sandrine Denis. Oh mon Dieu, oh mon Dieu, oh mon Dieu !

— Euh, du calme, chérie, tempéra René en lui tendant un verre d'eau. C'est une super nouvelle, c'est vrai, mais ce n'est peut-être pas le moment de nous faire un infarctus.

Sa femme se rassit, la mine extatique, les pupilles dilatées, le sourire béat. Elle but son eau puis se leva à nouveau.

— Il faut que j'aille à l'église allumer un cierge pour remercier le Seigneur.

— Tu es sûre que ça ne peut pas attendre demain ? À cette heure, ça doit être fermé.

Chantal reprit place sur sa chaise, les lèvres étirées en une mimique déçue.

— Oui, tu as raison, j'irai demain.

— Bon, maintenant que le problème de Dieu est réglé, si tu nous en disais plus, petit ? suggéra René à Timéo.

L'adolescent leur apprit tout ce qu'il savait. Ils étaient invités à participer au tournage d'une émission qui aurait lieu la semaine suivante à Paris, pour chanter leur tube. S'ils acceptaient, la production s'occuperait de leur envoyer des billets de train et de réserver des chambres d'hôtel.

— Bordel, évidemment qu'on accepte ! éructa René en levant son verre pour trinquer à cette bonne nouvelle.

35

« Je crois bien que même mon astrologue n'aurait pas pu prédire ça. »

— Bichette, tu as pensé à prendre mon complet violet ?

Chantal soupira.

— C'est la troisième fois que tu me poses la question et la réponse est toujours oui. Il est dans la valise, comme ton nouveau costume vert et le bleu. J'ai même ajouté une cravate, au cas où.

Le visage de René s'illumina.

— Quelle bonne idée, c'est bien ça, une cravate. Ça vous pose un homme, une cravate. C'est important pour passer à la télé.

Gênée dans sa lecture par le bavardage de ses voisins, Nicole reposa son livre sur la tablette et regarda sa montre.

— On arrive à quelle heure ?

— Onze heures sept, répondit Jacques depuis la rangée de derrière qu'il partageait avec Timéo. Enfin, si le train n'a pas de retard.

Ils avaient embarqué à l'aube dans ce TGV en direction de la capitale. Pour Françoise, Chantal et René, ce voyage constituait une véritable aventure, aucun d'eux n'étant jamais monté à Paris. Nicole avait déjà eu l'occasion de visiter la ville lors de son séjour chez Valérie, mais restait impressionnée par ce périple. Allaient-ils savoir se débrouiller dans une si grande métropole ? Seuls Jacques et Timéo, ayant vécu plusieurs années en Île-de-France, demeuraient sereins.

— On devrait en profiter pour répéter les paroles, suggéra l'adolescent. L'émission n'est pas tournée en direct, mais ce serait quand même mieux que vous ne vous trompiez pas.

— Le petit n'a pas tort, approuva Françoise. Avec tout ce stress, j'ai l'impression de ne plus savoir comment je m'appelle.

Timéo sortit de son sac à dos cinq feuilles sur lesquelles il avait imprimé le texte de la chanson et les distribua à son groupe. Ils occupèrent le reste de leur trajet à les relire, allant même jusqu'à fredonner à voix basse.

Le train pénétra en gare avec un retard d'un quart d'heure, ce qui augmenta la nervosité des cinq retraités. Chantal, dont l'horoscope du jour s'était révélé peu encourageant, déroulait les scénarios du pire. Et si leur chauffeur ne les avait pas attendus ? Et s'ils rataient le tournage ? Et si l'émission virait au fiasco ?

— Arrête de nous casser les burnes avec tes foutues catastrophes, grommela René en tâchant de se frayer un chemin vers la sortie à travers la foule de voyageurs qui se pressaient sur le quai.

Il traînait derrière lui leur valise dont la maniabilité laissait à désirer. Elle datait de leurs dernières vacances sur la Côte d'Azur, dix ans plus tôt, et les roulettes avaient visiblement mal vieilli. En constatant les difficultés de l'ancien instituteur, Nicole se félicita d'avoir investi dans un petit bagage cabine aussi léger que pratique. Timéo avait proposé à Françoise de se charger de son sac de voyage, pendant que Jacques s'occupait de leur propre valise.

— Regardez, c'est pour nous ! s'exclama l'adolescent.

Il pointa du doigt un homme brandissant au-dessus de sa tête un panneau avec leurs prénoms. Ils le rejoignirent et lui emboîtèrent le pas jusqu'au parking avant d'embarquer dans un monospace aux vitres teintées. Le nez collé aux carreaux, Chantal, Françoise, Nicole et René admiraient les rues de la capitale, émerveillés comme des enfants un soir de Noël. Le chauffeur les déposa dans un hôtel du quinzième arrondissement. Il leur accorda une heure pour déjeuner et se changer, avant de revenir les chercher pour les déposer au studio de tournage.

La chambre était bien plus grande que ce à quoi Nicole s'était attendue. Le lit était si large qu'on pourrait y dormir en travers sans difficulté et la pièce comportait un coin salon composé d'un petit fauteuil en simili cuir et d'une table ronde. Elle rangea ses vêtements dans la penderie, enfila le pantalon noir et la tunique en soie qu'elle avait emportés pour l'émission et passa dans la salle de bains pour se remaquiller et se recoiffer.

Elle retrouva ses amis dans le hall de l'hôtel. René étincelait dans son costume en velours vert. Il avait plaqué ses cheveux dégarnis sur son crâne avec du gel et personne n'osa lui avouer que cette coiffure lui donnait des allures de mafioso. Seul Timéo le félicita et déclara que son look était parfait. Françoise arborait un tailleur parme assorti à sa mise en plis et Chantal avait opté pour une robe grise à la coupe sobre, sous laquelle se dissimulait son pendentif porte-bonheur. Quant à Jacques, Nicole le trouva époustouflant avec son pantalon noir et son blazer.

Lorsque leur chauffeur les arrêta devant les locaux de France Télévisions, ils demeurèrent un instant silencieux, contemplant l'immeuble en verre aux allures de soucoupe volante.

— Dire qu'à cette heure, d'habitude, je fais ma sieste, remarqua René d'une voix incrédule.

Nicole hocha la tête, l'air émerveillé.

— Qui aurait pu imaginer qu'un projet de supermarché nous conduirait à la télé ?

— Je crois bien que même mon astrologue n'aurait pas pu prédire ça, confirma Chantal.

— Vous réalisez tout le chemin qu'on a parcouru en l'espace de quelques mois ? observa Françoise. À mon âge, je n'aurais jamais pensé être capable d'accomplir tant de choses. Et voilà que maintenant, je m'apprête à rencontrer ma présentatrice télé préférée.

Moins sensible qu'eux à la solennité du moment, Timéo les pressa de se présenter à l'accueil. L'hôtesse les invita à patienter sur de belles banquettes puis une assistante de production vint les chercher pour les conduire au maquillage.

Nicole regretta d'avoir passé tant de temps à se maquiller quand elle comprit que la jeune femme qui s'occupait d'elle avait prévu de tout recommencer. Elle n'osa néanmoins pas protester, trop intimidée par l'expérience qu'elle vivait. Une demi-heure plus tard, elle était méconnaissable. La couche de fond de teint qui recouvrait sa peau, quoique trop épaisse à son goût, camouflait ses cernes et floutait ses rides. Le fard taupe appliqué sur ses paupières mettait en valeur ses yeux bleus pailletés de gris. De toute sa vie, elle ne s'était jamais trouvée si belle, sauf bien sûr le jour de son mariage, où la coiffeuse et l'esthéticienne avaient accompli des miracles. Se levant de son fauteuil, elle s'extasia sur l'apparence de ses amis, eux aussi métamorphosés. Même Jacques et René avaient eu droit à une abondante quantité de poudre. On leur avait expliqué que ce maquillage était nécessaire pour éviter que leurs peaux ne brillent sous la chaleur des projecteurs.

— Venez, je vais vous accompagner au briefing, annonça l'assistante de production en les guidant à travers un dédale de couloirs.

Un homme d'une trentaine d'années prit le relais. Il les installa dans une petite salle attenante au plateau et les invita à s'asseoir sur les chaises en plastique qui s'y trouvaient.

— Bonjour à tous, je suis Quentin. C'est moi qui suis chargé de vous expliquer comment va se passer le tournage. Vous avez déjà participé à une émission de télé ?

— Euh, non, murmura Nicole, soudain très intimidée.

— Ce n'est pas un problème, vous verrez, ce n'est pas compliqué. Quand votre tour arrivera, cette porte va s'ouvrir.

Il désigna une porte dissimulée dans le mur du fond et reprit :

— Une technicienne vous fera signe d'entrer. Vous la suivrez et, à son signal, vous pénétrerez sur le plateau. Vous commencerez par chanter votre morceau, puis vous rejoindrez Sandrine Denis pour une brève interview. Jusque-là, c'est clair ?

Les cinq amis acquiescèrent, quoiqu'aucun d'eux ne se sente réellement rassuré par les événements qui les attendaient.

— Parfait, alors je vais vous montrer le plateau.

Quentin gagna la porte menant au studio et leur fit signe de lui emboîter le pas. Ils parcoururent une dizaine de mètres avant d'arriver sur un vaste plateau. La première chose que remarqua Nicole furent les impressionnantes caméras et les câbles qui couraient au sol. D'un côté de la salle, une scène éclairée par des projecteurs, de l'autre, les gradins dans lesquels se tiendrait le public, et au centre, de grandes banquettes mauves destinées à accueillir la présentatrice et ses invités. Au milieu de tout ça grouillait une armée de caméramans, techniciens et autres professionnels dont les retraités ignoraient la fonction. Quentin poursuivit ses explications, mais Nicole avait les oreilles qui bourdonnaient. Ce décor, ces gens, ces caméras... Elle ressentit une fierté mêlée d'angoisse en pensant à ce qu'elle avait accompli pour en arriver là, elle, la fleuriste à la retraite qui n'avait quasiment jamais quitté sa campagne. Bien sûr, elle n'y serait jamais parvenue toute seule. C'était grâce à ses amis et voisins qu'elle avait trouvé le courage de se révolter contre ce projet de supermarché et de tenir tête à sa fille. Ensemble, ils étaient plus forts, ensemble, l'âge n'avait plus de prise sur eux. Et même s'ils n'atteignaient pas leur but, si ce centre commercial voyait le jour, ils auraient quand même gagné. Car à cet instant, Nicole comprit que la véritable victoire, c'était ce qu'ils avaient vécu. Ces folles aventures qui les avaient forcés à se surpasser, à dépasser leurs peurs, à quitter ce confort facile dans lequel ils vivotaient. Ces folles aventures grâce auxquelles ils étaient plus soudés que jamais, grâce auxquelles ils étaient sur le point de rencontrer leur présentatrice télé préférée, grâce auxquelles elle avait retrouvé l'amour.

La voix de Quentin la ramena à la réalité. Le tournage allait commencer. Ils passeraient en premier. En *guest star*, pour reprendre les mots du trentenaire. Il les raccompagna dans la pièce qui allait leur servir de salle d'attente et les abandonna pour s'occuper des autres groupes.

— Vous pensez qu'on va y arriver ? demanda Françoise d'une voix fluette une fois qu'ils furent seuls.

— Bien sûr qu'on va y arriver ! s'exclama René les poings sur les hanches. On n'a pas accompli tout ce bordel pour se laisser impressionner par trois malheureuses caméras. On va chanter notre morceau et ensuite on racontera notre histoire à Sandrine Denis. Crois-moi, après ça, nos mômes vont arrêter de nous emmerder ! Car des putains de stars comme nous, ça se laisse pas marcher sur les pieds par des petits cons. Et si cet enfoiré de Chamart persiste avec son supermarché, eh bien j'irai lui défoncer ses caddies tous les soirs.

Le discours enflammé de l'ancien instituteur détendit l'atmosphère et ils mirent à profit le temps qui leur restait pour répéter leur texte et ce qu'ils avaient prévu de dire à leur présentatrice favorite.

Quand la porte s'ouvrit et laissa apparaître une jeune femme avec un gros casque sur les oreilles, Nicole sentit son cœur s'emballer. Le grand moment était arrivé. Les jambes en coton, elle suivit la technicienne jusqu'au plateau, en priant pour ne pas s'évanouir. Depuis sa banquette, Sandrine Denis leur adressa un sourire.

— Mesdames et messieurs, vous les avez peut-être vus passer sur vos réseaux sociaux, car depuis quelques semaines, ces cinq retraités sont devenus la coqueluche d'Internet. Nous ne pouvions pas tourner une émission sur les grands tubes de l'année sans les inviter. Mesdames et messieurs, je vous demande d'accueillir Chantal, Françoise, Nicole, Jacques et René qui vont nous interpréter leur tube, *Alzheimer ta mère.*

Les spectateurs applaudirent, le cœur de Nicole rata un battement. Elle avait l'impression de flotter au-dessus de son corps. Elle observait ce groupe de retraités d'apparence tranquille, cinq petits vieux ordinaires, des papis et mamies comme les autres. Et pourtant, ils avaient délaissé leurs parties de belote, leurs tricots, leurs tournois de pétanque pour affronter les obstacles de la vie. Et aujourd'hui, ils étaient là, sous l'œil des caméras, devant cette foule qui les acclamait. Ils étaient là pour défendre leur droit à mener leur existence comme ils l'entendaient. Ils étaient là pour crier au monde que la vie n'est pas finie à soixante-quinze ans.

Ils se placèrent sur la scène, comme Timéo le leur avait fait répéter, René au centre, Chantal et Françoise à sa droite, Nicole et Jacques de l'autre côté.

Laisse-moi te raconter la story d'ma fin d'vie.

Quand René déclama la première phrase, le public hurla. Posté sur le bord du plateau, Timéo ressentit une bouffée de fierté en observant le vieux monsieur. Son flow s'était beaucoup amélioré depuis qu'ils avaient enregistré le clip. Il chantait maintenant presque comme un vrai rappeur. Et ses quatre amis assuraient grave eux aussi avec le refrain.

Alors qu'elle reprenait sa respiration, épuisée par cette performance, Nicole contempla, médusée, ces centaines d'inconnus qui s'étaient levés pour les applaudir et répétaient en chœur leur refrain. Le cœur toujours en ébullition, l'adrénaline explosant dans ses veines, elle remarqua le chauffeur de salle qui gesticulait à leur attention. Il était temps de rejoindre Sandrine Denis.

— Eh bien tout d'abord, bravo pour cette belle prestation, attaqua l'animatrice avec un large sourire. Je crois que la question que tous les téléspectateurs se posent, c'est : « Qu'est-ce qui vous a poussés à chanter ? »

René attrapa le micro pour répondre. Des cinq, c'était lui le moins timide, il avait donc été désigné porte-parole du groupe.

— Nous voulions attirer l'attention sur notre histoire. À notre âge, on nous traite comme des gamins, nous n'avons plus notre mot à dire. Un supermarché se construit devant chez nous et tout le monde s'attend à ce qu'on ferme notre gueule. Pire, nos propres enfants nous croient séniles et menacent de nous envoyer en maison de retraite. Alors on a décidé de dire stop. On a décidé d'arrêter d'être des gentils petits vieux. On a décidé de défendre notre mode de vie.

— C'est très courageux de votre part. J'espère que ce passage sur notre chaîne permettra de sensibiliser vos enfants et l'opinion publique au respect du droit des personnes âgées. Et pourquoi avoir choisi le rap ? C'est un style plutôt inhabituel pour votre génération.

La bouche de René s'étira en un large sourire.

— Ah, ça, c'est une idée de Timéo. Peut-être qu'il peut nous rejoindre ? Ce jeune garçon a beaucoup de talent, vous savez, je suis certain qu'il ira loin.

La caméra pivota et captura le visage débordant de bonheur et de fierté de l'adolescent. Sandrine Denis lui fit signe de s'approcher. Un peu gêné de se trouver au centre de l'attention, il s'assit au bout de la banquette, à côté de Jacques.

— Alors comme ça, c'est toi qui as composé ce morceau ? lui demanda la présentatrice.

Le jeune homme hocha la tête et balbutia un timide « oui ».

— Tu as en effet beaucoup de talent. Je crois que toi et tes amis allez être ravis de la surprise que nous vous avons réservée ce soir.

Elle marqua une pause et observa d'un œil amusé la mine interloquée de ses invités.

— Lorsqu'il a appris votre passage à l'antenne, un producteur nous a contactés, poursuivit-elle. Il souhaite vous proposer un contrat pour enregistrer votre morceau et sortir un CD. Cela veut dire écrire et chanter d'autres titres, mais je suis sûre que cela ne vous fait pas peur.

Nicole, Françoise, Chantal, René et Jacques se consultèrent du regard. Ils n'avaient pas besoin de se parler pour se comprendre et prendre leur décision.

— Oh que non, plus rien ne nous fait peur, déclara René, les yeux pétillants. On a la vie devant nous.

Épilogue

Huit mois plus tard.

— À quelle heure arrive la première candidate ? demanda Nicole à Jacques depuis la cuisine.

Elle mit deux tartines de pain à griller et fit chauffer l'eau pour le thé. Ils avaient pris l'habitude de dîner ensemble trois soirs par semaine et parfois, comme hier, Jacques restait dormir. Leur relation n'avait plus rien de secret et leurs voisins s'étaient réjouis lorsqu'ils avaient appris la nouvelle. Marion, bien sûr, était aux anges de savoir sa grand-mère à nouveau amoureuse. Même Valérie, après avoir manifesté sa coutumière désapprobation, avait fini par se ranger à l'avis de sa fille et accepter cette relation.

Jacques émergea de la salle de bains, les cheveux encore mouillés.

— Elle a rendez-vous à dix heures. L'entretien suivant est à onze heures.

Nicole jeta un regard affolé à la pendule murale.

— Il faut qu'on se dépêche, on va être en retard.

Ils prirent leur petit déjeuner en vitesse et retrouvèrent Françoise, Chantal et René devant le nouveau bâtiment.

— Ça a de la gueule, hein ? commenta l'ancien instituteur en désignant la façade beige et sa jolie baie vitrée.

— C'est vrai que c'est quand même autre chose qu'un supermarché, confirma Jacques avec un sourire en coin.

— Et c'est plus calme, conclut Françoise.

— Je ne voudrais pas vous presser, mais je me gèle ! bougonna Chantal. On y va ?

Nicole sortit le trousseau de clés rutilantes de sa poche et déverrouilla la porte. À l'intérieur, ça sentait encore la peinture fraîche et les travaux avaient laissé une épaisse couche de poussière blanche sur le carrelage.

— Un peu de ménage ne serait pas du luxe, remarqua-t-elle en fronçant le nez.

— Au moins, le chauffage fonctionne, se réjouit Chantal, les mains collées au-dessus du radiateur.

Jacques caressa la surface vernie de la table d'un geste appréciateur.

— Niveau mobilier, on a pas trop mal choisi. Le bois est vraiment de belle qualité. Et les chaises ont l'air très confortables.

— Je confirme ! dit Françoise avec un large sourire.

— Je vais voir la cuisine, annonça Nicole en passant dans la pièce attenante.

Ici aussi, tout était flambant neuf. La plaque de cuisson dernier cri en vitrocéramique et le four multifonction paraissaient bien trop compliqués à son goût, mais heureusement, elle n'aurait pas à s'en servir.

Un coup de sonnette retentit.

— J'y vais ! lança-t-elle.

Elle accueillit leur visiteuse et l'invita à s'asseoir autour de la table, face à eux.

— Je vous ai apporté mon CV, déclara la candidate en ouvrant une pochette en carton pour leur tendre le document.

Pendant que Chantal et Françoise, lunettes au nez, lisaient le papier, Nicole expliqua à la quadragénaire le contenu du poste. Cet entretien d'embauche était capital pour eux, il leur fallait choisir la bonne personne.

Tant de choses s'étaient produites depuis leur passage à la télé ! La France entière s'était émue de leur situation et Patrick Chamart avait croulé sous les pétitions réclamant l'abandon du projet de supermarché. Face à la grogne populaire, le promoteur avait fini par jeter l'éponge. Il avait construit son centre commercial dans une zone industrielle, à trois kilomètres, et avait mis en vente ses terrains du lotissement des Genêts pour une bouchée de pain. C'est Nicole qui avait eu l'idée de les racheter. Grâce à l'argent que leur rapportait le disque qu'ils avaient sorti, ils avaient largement les moyens. Ils avaient enregistré huit titres, qui tournaient en boucle à la radio, dans les boîtes de nuit et même à la télé. Leur album se classait en tête des ventes sur les plateformes de téléchargement et chez les disquaires. On parlait même d'une nomination aux Victoires de la musique. Ils se partageaient les droits avec Timéo. Jacques, qui était officiellement devenu le père adoptif de l'adolescent, gérait pour lui cette fortune inattendue. C'était un beau succès, même si le plus beau des succès resterait toujours, à leurs yeux, les péripéties qu'ils avaient vécues tous ensemble.

Maintenant qu'ils étaient propriétaires de tout le lotissement, ils étaient assurés de ne plus jamais être importunés par le voisinage. Et à la place du supermarché, ils avaient fait construire cette nouvelle bâtisse, pour loger la perle rare qu'ils étaient en train de recruter. Celle qui saurait prendre soin de leurs maisons, les aider dans les tâches courantes et préparer les repas de Françoise, dont l'état de santé s'était dégradé. Si ses enfants, tout comme la fille de Nicole, n'avaient plus osé aborder la question de la maison de retraite, l'octogénaire se déplaçait de plus en plus difficilement et avait dû se rendre à l'évidence : entretenir son intérieur et gérer le quotidien devenait trop compliqué. Alors, le Comité de résistance du lotissement des Genêts s'était reformé pour une séance exceptionnelle. Nicole, Chantal, René et Jacques savaient qu'un jour, comme Françoise, eux aussi seraient rattrapés par la vieillesse. Mais ces derniers mois leur avaient appris une chose : pour que rien ne change, il faut tout changer. C'est ainsi qu'ils avaient décidé de créer leur propre maison de retraite, entre eux, pour eux, à leur manière.

Ils resteraient vivre chez eux, mais ils embaucheraient une aide à domicile et la logeraient dans le lotissement, afin d'avoir quelqu'un à demeure pour prendre soin d'eux. Ils avaient fait leurs calculs, avec les revenus tirés de leurs chansons, ils pouvaient y arriver. Et puis si ça ne suffisait pas, ils trouveraient bien une solution. Car ces aventures leur avaient appris une chose : à tout âge, quand on y croit, rien n'est impossible.

Retrouvez-nous sur les réseaux sociaux :

City Editions

www.city-editions.com
@cityeditions
www.facebook.com/cityeditions/
@CityEditions
@cityeditions

Achevé d'imprimer en février 2024
sur les presses de la Nouvelle Imprimerie Laballery
58500 Clamecy
Numéro d'impression : 402294

Imprimé en France

La Nouvelle Imprimerie Laballery est titulaire de la marque Imprim'Vert®